读客®

读客外国小说文库

熊猫君激发个人成长

La Forastera

外乡人

[西]奥尔加·梅丽诺　著

李碧芸　译

Olga
Merino

河南文艺出版社

·郑州·

中文版权 © 2021读客文化股份有限公司
经授权，读客文化股份有限公司拥有本书的中文（简体）版权
豫著许可备字–2021–A–0041

图书在版编目（CIP）数据

外乡人／（西）奥尔加·梅丽诺著；李碧芸译. --
郑州：河南文艺出版社，2021.7
ISBN 978-7-5559-1184-5

I. ①外… II. ①奥… ②李… III. ①长篇小说 – 西
班牙 – 现代 IV. ①I551.45

中国版本图书馆CIP数据核字（2021）第123687号

著　　者　［西］奥尔加·梅丽诺
译　　者　李碧芸
责任编辑　王　宁
责任校对　丁　香
特邀编辑　张敏倩　武姗姗
策　　划　读客文化
版　　权　读客文化
封面设计　文　薇
出版发行　河南文艺出版社
印　　刷　三河市龙大印装有限公司
开　　本　890mm×1270mm 1/32
印　　张　7
字　　数　138千
版　　次　2021年7月第1版　2021年7月第1次印刷
定　　价　39.90元

献给布莱恩·加哈根

献给恩里克·德·埃利斯

以为纪念

他们刈割了麦子：就现在

我的孤寂

审视得更为清晰

　　——《修女玛丽亚娜－贝赫》，索菲娅·安德雷森

这里有人

必须留下

为如此脆弱的时刻

作出解释

有人

当那一天来临

当出去迎接冬日

交与它生命的位置

用坚定的声音告诉它：

"你来时会带走的一切

都非真正可贵；

我们将快乐赋予飞鸟

只有它安然如故。"

——《夏末》，安德烈斯·特拉彼略

目录

胡桃木

他们并不知道，我在这里挺好的，伴着园子、狗、小路。门始终开着。我不怕他们。他们传着闲言碎语。他们知道我在谷仓里藏着一把 12 号口径的萨拉斯可达老猎枪。他们以为我疯了，因为我常去墓园，在我母亲的墓前大声说话、喝酒、对着自己发笑，几乎不与任何人打交道。自母亲过世以来，我就没剪过头发。她脑子坏了，他们说。可是我脑子清醒得很，我自己的状况自己再清楚不过了。

在这里，如果你不先对他们示好，他们也不会对陌生人示好。而讨好他们对我来说从来没什么好处。我更希望让他们在我的掌控之中。他们什么也不知道，却一直说着，说着，说着。交头接耳，窃窃私语。而我，看到了一些事情，却沉默不语。他们给我取了外号，这是我最好的，也是唯一的朋友——易卜拉希玛告诉我的。只有他叫我安吉，就是那个英国画家给我取的名字。

他们叫我马洛托家那个女的，马洛托是我父亲家族的姓氏。在这片山区，"马洛托"也指用来繁殖的公羊。他们也叫我大房子里的疯婆子。他们叫我埃尔阿楚艾罗的傻娘们儿，因为在很多很多年以前，当这片土地还属于我家时，这里就被称为埃尔阿楚艾罗。他们还叫我英国婊子。

我没有电视，现在也不读报纸了。有时我在晚上打开广播，听听歌，也听听其他人的声音。他们以为自己知道许多事，但是他们错了。每到星期五和星期天，装着鱼的大卡车会来镇上。我会在某个星期五去镇上的时候看到他们。大部分人碰到我都会躲开目光，另一些人看到我会发出像猫叫一样的怪笑，互相碰碰胳膊肘示意我来了，斜眼窥视着我，看我脚上穿着我母亲曾经穿过的系带鞋。我不喜欢别人看我的脚。修道院的女司事看到我会画十字祈祷。有些人会跟我打招呼，问我怎么样，是否需要帮忙，就好像什么都没有发生过，好像我不知道他们在我背后搞的那些小动作。有的人看到我就拉上窗帘。没几个人欢迎我。虽然大家都不愿细究，但在这里大家多少都有点血缘关系。许多人都是不伦关系的产物：表哥和表妹的、大伯和不检点的侄女的。

我可以想象他们在说什么。在酒吧、在油坊、在女司事家对面搬出椅子围成一圈乘凉的时候，在教堂的时候，他们都在说什么。他们说应该把我关起来；说自我母亲去世后，我变得更糟了；说我和哥哥一样，是毒品让我变成这样；说应该把我家那破破烂烂的房子给推倒；说某某看见我在河里光着身子洗澡。

他们还编些下作的事情。

他们交头接耳，说我和神父私通，说正因为这样他才如此频繁地给我送来救济物资。他们说我们像狗一样，大白天在草丛间交媾，就在艾梅特利亚姑妈要求在她死后种的李子树下。说我们在那里欲火焚身，连衣服都顾不上脱或者顾不上全脱，心急火燎地交缠，专注得不发一语。我们只发生过一次关系，而且还是在家里。虽然不是在床上，也没有垫着床单，但是是在家里。在我知道母亲死了的那个晚上，我让人给他打了电话。雅格瓦姨妈是我母亲的远房表妹，她在下面的房间守灵，而我们两个在阁楼里的胡桃木箱子旁拥抱着，旁边静静躺着那把猎野兔、鹧鸟和石鸡的猎枪。那是我舅舅的猎枪，我母亲教我怎么给它上膛，来对付那些溜进家里吃枪子的浑蛋。

这一切让我来到了这里。要不是因为风有时会把屋子折磨得不成样子——从房梁间掉下一把把沙土，空房间的门窗被拍得嘎吱作响——我在这里还挺好的。我母亲刚死的时候，每当我一个人在家，未上油的风标发出的吱吱声、公鸡受到阵阵狂风的惊吓而发出的几乎像人一样的呻吟声，都会让我胆战心惊。只有风会让我感到害怕，它把一切都弄乱了。

院子里自己种的菜、国家的救济品和神父施舍的鹰嘴豆足够我吃了。我在查诺那里用牛奶换我想要的东西，因为我不喜欢牛奶的味道，就算生病的时候也不喜欢。这点安德烈斯神父知道——他们是这样称呼他的。而查诺无所谓我怎么换，他的仓库里什么都有：钉子、缝纫用的线、灯泡、清洁剂、咖啡、橡皮。查诺会把每周日有纵横字谜的那一页给我留着。为了防止写错，我用铅笔和橡皮解字谜。拉斯布莱尼亚庄园的工头迪奥尼西奥一般会在冬天雇用我捡拾采集时掉落在网外的橄榄果。我是黑工，拿的是短工一半的工资。这完全是个体力活，迪奥尼西奥说我们女人不擅长收网。男人们用棍子将橄榄果敲下树，运输收橄榄果的网袋；而我们三个女人则到他们收果子的地方，弯下腰采集掉落在网外的果子，直到清晨的寒冷把我们的手指冻肿。他们不让我们戴手套，因为会拖慢进度。妈妈曾经告诉我，在从前，老妇人和小孩把尿撒在手上来治冻疮。有几次，工头也让我采菠萝和松乳菌，但是从来不让我弄蜂箱。拉斯布莱尼亚家族的土地非常广阔，据说一个世纪前他们吞占了一整片共有的树林。在这块土地上，从来都是工人们干得累断了腰，薪水却微薄得可怜。

雅格瓦姨妈时不时给我点零花钱，她恨不得做我的母亲。让她做谁的母亲都行。就在一切坏事都降临的那一年，在我母亲想要带着父亲的骨灰回村子里生活的那一年，她也确实承担起了类似母亲的职责，照顾了我一段时间。当我去养老院看望她的时候，我让她别给我钱了，我说我过得挺好的。我们把钱推来推去，但最终我总是接下她递过来的 20 欧元钞票，把它对折再对折，放进裤子后面的口袋。然后我让她睡下，给她一个轻吻，不让我的嘴唇摩擦到她的皮肤。

我有狗的陪伴就够了，有那条猎兔犬和黄毛混种狗的陪伴就够了。黄毛大概是五年前来我们家的。一天晚上，我们看见它在我父亲当年造起来的，现在已经腐烂的篱笆和木屋之间游荡。小木屋是我用来存放杂物的，里面放着几件农具和一个小冰箱。我记得那是夏天，因为静止的空气闻起来有蚯蚓和腐烂的稻草的味道——别人家的稻谷伸进了我家围墙里。因为是条母狗，我母亲把它扔了出去。但是第二天它回来了，第三天又来了，直到有一天，我们发现它身负重伤，皮毛下有三处被霰弹打伤的痕迹，于是我说服母亲留下了它。是我把它治好的。我小心翼翼地剃掉了它背上的毛，那三个感染的脓疮边缘已经发绿。妈妈把包面包的纱布在沸水里煮过，我用湿热的毛巾揉搓它的伤口，直到脓痂掉落下来。我取出铅弹，轻轻挤压伤口，排掉脓液，最后终于看到干净的血涌出，鲜血有一种不一样的光泽，是鱼鳃或者新鲜樱桃的颜色。

血是鲜红的，那是为了提醒你。提醒你疼痛，提醒你有危险，提醒你没有怀孕。

我用亚甲基蓝为它清理伤口，那是我们给母鸡治病用的。这条狗真能耐得住痛，因为它的坚忍，我给它取名"上尉"。我的母亲把床单撕成布条来给它包扎伤口，她说："大家都很信任你艾梅特利亚姑妈。人们走几十里¹地来让她看病，什么都问她。就连住在山谷那些偏远房子里的人也过来。拉斯布莱尼亚家的仆人也偷偷过来，四处打听你的姑妈。"母亲习惯在我家亲戚的称呼前加上"你"。你艾梅特利亚姑妈，你父亲，你哥哥，以拉开她和我们所有人的距离。大家从前应该很信任艾梅特利亚姑妈，但现在大家都说她疯了。

1　原文为5西班牙里，1西班牙里相当于5572.7米。——译者注（本书注释如无特别说明，均为译者注）。

日落时分，上尉喜欢和我在小路上散步，而猎兔犬则更沉浸在自己的世界里，总是远远地躲开我们，在院子里玩捕猎的游戏。当我完成园子里的工作，或者读书读得昏昏沉沉时，我有时会沿着小路爬到拐弯处，观察光线是怎样改变草丛的色调的。我会眯起眼睛，试着寻找光影间的真实色彩。我对色彩很敏感，也喜欢给颜色取新的名字。英国画家教了我诀窍。我记得很多他说的话，有的话我记得一字不落，记得他说话时的确切语气："没有人能像伦勃朗那样画出鲜血的颜色。"鲜血是一种红色，红酒、红肉、土地和火焰是别的红色。他叫尼格尔·谭尔。

延伸到港口的公路连接起了村子和科尔多瓦[1]。从高处，从公路的拐弯处可以看到我家的房子，被红色常春藤覆盖的围墙和房顶冒出的玉米石的嫩芽。在我母亲曾经种鼠尾草、欧芹和香草的地方，现在也长出了虞美人和高高的甘蓝。我喜欢这样，这种略有些被遗忘的状态，就像隐藏在石头间的贝壳，就像荒地中被植被覆盖的一小片土地。可能从四年前开始，在我母亲死后不久，哈尔东家的人就不再继续耕作环绕着我家房子的那几十亩麦田了。那些田地曾经都属于我家。当时生长麦子的地方现在长出了帚石楠、岩蔷薇和刺菜蓟，一直延伸至路边。从这条路穿过一片栎木丛，可以看到一条分岔的小径，通往河流和拉斯布莱尼亚家的房子。

我看到有一个人快步来到我家附近，走的正是这条小路。

1　西班牙南部城市，位于安达鲁西亚大区。

真奇怪。我从没见人上来这里过，也很少有村民冒险爬上来。我看清楚了，那是个黑人男性，肯定是易卜拉希玛。我开始慢慢下坡，上尉走在我前面。他已经干完了给橄榄树修枝的活儿，拉斯布莱尼亚庄园没什么事可做了，而且我们昨天还在一起，我很奇怪他为什么又来这里。我全身都警觉了起来，握紧拳头，长长的双腿随时做好快跑的准备。易卜拉希玛绕过栅门，呼喊着我的名字，安吉、安吉……虽然他离我很远，但我明显能感觉到他语气中的焦灼。猎兔犬出门迎接他，但当狗绕到他脚边的时候，他并没有俯下身去摸它的脑袋。我喊了他的名字，他转过身来，脸色很难看。上尉扑到他身上，他也没有做出任何反应。最后几步路我是跑着过去的。

　　"我看见了一个死人！"他喊道。

　　"你说什么？"

　　易卜拉希玛弯腰站着。他双腿分开，手扶在腿上。

　　"我们认识他吗？"

　　易卜拉[1]耸耸肩，摇了摇头。他背靠在无花果树旁边的栅栏门上，平时他总把自行车靠在树上。

　　"是一个男的。他在山上上吊了。"

　　又一个。又是一个自杀的。我脑海中一下子跳出这句话来，但是没有说出来。

　　我让他陪我去看尸体，于是我们往房子的相反方向走去，在

1　易卜拉，易卜拉希玛的昵称。

栎树林中穿行。上尉和猎兔犬布鲁托走在我们前面，似乎知道我们要往哪里去。它们哪怕蒙着眼睛也能找到那儿吧。它们走得很轻快，因为灌木丛间的小路很平坦。我们一言不发地大步走着。

三月是一年中上山的最好时节。我父亲是这么说的。在搬到巴塞罗那前，父亲经常爬到山顶欣赏春天的景象。从酒吧回来以后，他会继续喝酒，等着母亲做好午饭。他坐在铺好油桌布的桌边，和我谈论田间的事情。我记得一些面庞，记得一些事情，也准确地记得一些话语："当这个时节来临，我爬上山，从高高的山头看人们劳作，看播完种的土地里如何长出嫩芽。"这些话语在我脑海里萦绕回响。

山路开始陡峭起来。易卜拉希玛向我伸出了粗壮的手臂，我用另一只空着的手抓住一切能够抓住的东西：一块巨石的凸起处、一株百里香、一根乳香黄连木的枝杈。猎兔犬走在前面，上尉努力跟随其后，它的后腿微微颤抖，紧抓着斜坡的地面。上了年纪的上尉仍旧对长途跋涉满怀热情。

我们在小山丘歇脚。我坐在一块朝向山坡另一面的石头上。易卜拉希玛没有坐，他好像迷失了方向，找不到刚才发现尸体的具体位置了。他一只手搭在屁股上，另一只手放在额前张望，四处寻找线索。粗犷的景色延伸到了我的脚边。在我的右手边，朝西望去，景色一望无边，逐渐消失在一排排弯弯曲曲的橄榄树中，消失在一小片一小片零散的土地中，消失在深深浅浅层叠的蓝色山峦中，越远的山坡色彩越深。朝东望，山峦在枝繁叶茂的悬崖峭壁间愈发陡峭。易卜拉希玛与我对视了一眼，我们无需言语便知对方在想什么。我们惊诧于死亡执意在如此的美景中发生，而一丝微妙的悲伤却不顾怒放的新绿，飘浮在空气中。春天是猛烈的：空气中的一丝颤抖、发芽新苗的响动、昆虫的躁动、黑蝴蝶在金雀花花刺上骚动的贪婪都透着猛烈。从山上俯望下去，在广阔的田野间望不见一个人影。

布鲁托和上尉突然开始狂吠起来。我都差点忘了它俩的存在。它们刚才在四处转悠。吠叫越来越刺耳，上尉干涩的吠声中隐藏着什么。它们持续不断的吠叫告诉我们，它们的搜寻比我们领先了一步。易卜拉目光如炬地看了我一眼，说：

"还有大概三百米。"

我们循着声音，从一座乱石岗的一边下坡，易卜拉希玛走在前面挡着，防止我在石灰板石间滑倒。狗叫声越来越近，也越来越激烈了。最后一小段路，我们任由自己滑下平坦的林间空地，在身后扬起一片尘土。又走了几步路，可怖的景象突然出现在眼前。更加年轻灵敏的猎兔犬抬起前腿跳跃着，肋骨因为奋力蹦跳清晰凸显。跳跃间它的嘴一次次碰到自缢者的脚，自缢者的身体没有方向没有目的地摇荡着。上尉则一动不动地趴在地上，肯定在嗅探尸体时已经精疲力尽。但是它仍紧绷肌肉，一刻不停地焦躁狂吠。

我小心翼翼地靠近。这个男人——确实是个男的，应该是爬上了胡桃树最低的枝杈，坐在树枝上，把绳子系在上面的粗枝上，打好死结，便一跃而下。重量和高度足够了。上尉时不时地看看我，死亡的魅力让它着迷，但是它没有从树荫下的阴凉处挪步。布鲁托按捺不住自己的激动，一刻比一刻更兴奋。死者屁股的补丁上沾着粪便的污渍。

我慢慢地走近尸体，易卜拉希玛在后面。当觉察到我的意图，猜出我想要抱住死者的双腿把他从绳子上放下来，给他减轻一些重力的负担时，他朝我刺耳尖叫起来：

"别碰他！他的手已经发紫了，别碰他！"

我望着在空中摇来晃去的尸体说：

"是庄园主。"

我朝后退了一步、两步、三步。我的双腿不受意识的控制，自发向后退着。是他，毫无疑问：是胡里安先生，拉斯布莱尼亚庄园的主人，双眼圆睁着。他的手，是红葡萄酒的颜色。

井中溺亡人

这个晚上我没有睡着。将要睡着时突然头一沉，我猛地清醒了，浑身是汗，喘不过气，就像陷入了泰晤士河底的淤泥，即将窒息而死。我推开毯子，起床，走出房间。上尉跟在我身后。我摸索着下了楼梯，赤着的双脚把木地板踩得嘎吱作响。我把毛呢大衣披在肩上，打开随风开合的大门，探身进入了夜色中，进入了黑色的原野中。自前天我们从山上下来起，上尉就没有离开过我身边。它似乎直觉地感知到尸体荡来荡去的画面在我脑海中挥之不去，还有那条沾着粪便的米色裤子，那件干净整洁的格子衬衫——乡村富人的标准装束，他脖子上那根打结的麻绳，唇齿间发肿的舌头和那双擦得锃光瓦亮、寻找着地面的靴子。一阵微风吹乱了他金发和白发相间的刘海。胡里安·哈尔东·马尔东纳多先生，拉斯布莱尼亚庄园的主人和老爷，在胡桃树上吊死了。

在确定了尸体在林中的位置后，我们立马往回走，沿着下坡路一口气走到了水塘边，用冰冷的池水洗了把脸。我们没有说话，但是我非常清楚易卜拉希玛脑海中在想什么。到我家前的最后一段路他一直低着头，我邀请他进屋，想要说服他我们应该报警[1]。

"你疯了。"

"你别他妈给我说这个字。"

"对不起，我不是这个意思。"易卜拉希玛看我如此反感这句话，有点不知所措，一只手摸了摸下颌，"但是我们哪儿也不该去。"

"如果有人看见我们的话怎么办？"我也不是很确信。

"谁看见我们了？我们谁也没碰到。"

也许最好保持沉默，按兵不动，但是忧虑迫使我做出行动。真相最后总会大白于天下，我坚持这么认为。

"如果我告诉他们拉斯布莱尼亚的黑人不想到军营[2]来露个脸，是不是更糟。何况，死的是老爷。"

"要是他们问我要证件的话，我他妈把复印的那张破纸给他们，是吗？"易卜拉希玛从椅子上起身，坐在了厨房的桌子上，把头埋在双手间。

他是以另一个塞内加尔人的身份工作的，一个叫玛玛都乌的人。可能连工头迪奥尼西奥，还有胡里安先生都不知道他的真实身份。在这里，在这些鸟不拉屎的偏远村庄，没有人问太多问

---

1 此处的警察指国民警卫队。西班牙国民警卫队隶属西班牙国防系统，是执行警察任务的军事武装，乡间一般由国民警卫队执法。国家国民警卫队警察是军人身份，有自己的军营。
2 即国民警卫队所在的军营。

题。所有那些非洲的流动短工都会不请自来，我们这些白人也不过是没那么多渣子的渣滓而已。我们应该怎么做？应该沉默，好似什么都没看到那样？我错了吗？我想不清楚，时光好像定格在那座小山丘上，定格在狗闻到尸体，开始狂吠的那一刻。

"我们两个，非得发生在我们两个身上。"易卜拉希玛低声说。

我都能想象到军营里警察会问我们什么问题。你们当时要去哪里？你们两个在一起做什么？最后一次见到胡里安先生是什么时候？他的行为有什么异常吗？前一天有人来庄园看过他吗？他有没有表现出想要自杀的迹象？虽然我知道会发生什么，但是仍坚持我的想法：

"好的，就算我们什么也不说，其他人也会发现老爷的尸体，因为迟早会有人发现的。那么好，你觉得他们会去哪里调查？首先，去拉斯布莱尼亚。他们肯定会想和白雪公主、工头和我谈话。"

乌克兰人维塔利皮肤很白，他们把他叫作白雪公主。他从未尝过我们酷暑的滋味。他和易卜拉希玛在哈尔东家的地里干活，在庄园主的首肯下，工头迪奥尼西奥允许他们在庄园的车房住，与宅子和马房隔着园子的一道围墙。对他们来说——对我来说也是如此，栖身之处是将我们与悬崖隔开的最后一道沟壑。庄园很大，胡里安先生并不缺他们栖身的这个破棚屋，而且收割机和烘干谷物的机器很早以前就卖掉了。我知道这些是因为易卜拉希玛告诉了我，我从来没进过主人的房子，我想以后也永远不会进去。永远也不会进拉斯布莱尼亚家的房子。我确实天天踩在他家的土地上，当我爬上山坡的时候，当我去镇里的时候，当我俯身捡拾掉在霜露上、像煤玉珠般乌黑发亮的橄榄果的时候。雅格瓦姨妈说，如果我父亲还在世的话，要是让他知道我跪在哈尔东家的土地上劳作，他会劈头给我一个巴掌。他肯定一个字也不说就打过来了。就算活着的时候，他也不是一个喜欢说话的人。

易卜拉希玛问我要水喝。当我把杯子递给他时，他的手颤抖着，几乎快要拿不住杯子，好像连呼吸也困难。他想说点什么，但是好久才开口：

"如果最后坏事了呢？告诉我，安吉，告诉我如果事情变得很糟糕的话，我们该怎么办。"

"安吉，安吉，你不能说我们没试过。"那些老歌触动了我并不想触动的回忆。

我在他舌下塞了一片能够让他放松的药片，当你焦虑的时候，医生就是让你这么做的。我说服了他在日落前动身前往国民警卫队在艾尔萨洛布拉尔的办公处。我们村子里没有国民警卫队的军营，也没有医生和兽医，神父也是需要的时候才过来，他需要在山脉周围散落的小教堂间来回奔走。我们开始像当时爬上山坡那样前行，满身是灰，手臂被路上的蒺藜划得伤痕累累。我们下了坡，走完了我家和村子间相隔的整整五公里路。我们穿过了共有土地和杨树林，走过了马格尼亚铁皮盖的修车铺和托马斯的酒吧，快步在加油站转弯，几乎是小跑着，这样就不用向人解释什么了，当然他们也不敢问。显而易见，我们非常着急。我们沉默着走完了到艾尔萨洛布拉尔的一小时路程。我走的时候有些预感，不知道这样做会把我们带向何方。现在也仍然不知道。

我们刚推开大门——门梁上刷着"一切为了祖国"几个排列成弧形的大字——我便开始感到恶心，冒冷汗，身上像一排受惊的蚂蚁爬过般地发痒，从前臂到指腹，从肚皮到乳房，如同抽搐般的感觉。这种感觉通常在一些特定的地点才会出现，当我进入被时间沉淀出暗淡忧伤的封闭空间时，我感觉到了什么。一种能量。一种颤动。簌簌低语。模糊的噪音。魂灵累积的茫然。死亡的回响。已发生事件的重量，墙壁好似被痛苦浸润。一些不好的事情在这个军营发生过。我不知道是什么，但是毫无疑问发生过。在伦敦，当尼格尔和我在泰晤士河边散步时，或者是后来，当我一个人走近码头的旧棚子时，我似乎感知到了铁链的响声、铁锈的气味、溺死的人溅起的绝望水花、那些从船腹中卸下的装糖的木桶、棉花包、被开膛的牲畜散发的层层汗臭味。只有我能感知到，只有我。我父亲的单身姐姐，艾梅特利亚，也能感知到这些。我母亲说这是马洛托家厚重血统的缘故。

三个警察里里外外地将我们盘问了一遍。他们先同时审讯我们两个，然后再分开问询，看我们的说辞是否有互相矛盾的地方，又或许是为了不那么无聊。他们没问我几个问题，并且对我以"你"[1]相称："你认识死者吗？你是一个人住在埃尔阿楚艾罗的房子里吗？"问完我话后，他们中的一个人拽着我的胳膊把我带到了旁边的房间，之前易卜拉希玛在那里，我们交换了房间。我遵从他们的指示，没说半个不字。我不想惹麻烦。房间里只有一

---

1 在西班牙语中，以"你"相称与用"您"的尊称不同，往往用于相互亲近、信任、平等的情况。

摞文件、一本线圈日历、一张行军床，上面铺着闻起来一股男人味道的破旧毯子。我想，警卫值班的时候肯定睡在那张床上。我坐在那张简陋床铺的床沿上，试图透过墙壁分辨出易卜拉希玛的声音，药片的效力让他说话变得懒懒散散，听起来害怕又吞吞吐吐。他回答了他们提出的一些问题，其中一些我听得很清楚。他们问他为什么去荒郊野外闲逛，还有既然他言之凿凿地说是去山上摘芦笋，那芦笋在哪里。我能想象他站着、吞咽口水的样子，一条腿放在另一条腿的前面，用小腿肚掩盖那条腿前面的刀伤，那是一条醒目的刀疤，是与一个同乡争斗时留下的。然后我听到了笑声、椅子拖地的响声、打电话的声音。过了一会儿，我也说不准是多久，一切又都安静了，门开了。

他们相信了我们。他们给我们买了三明治。因为深夜不能上山，我们等到天亮才陪他们走到山林间空地上的胡桃树旁，然后等待法官来将尸体从绳子上放下来。在这片地方散落着许多胡桃树。胡桃树喜欢自顾自地生长，孤单地、昂首挺胸地生长，以便张开它们的枝杈。当法官和他的助手从镇上赶来的时候已经是上午11点了。那时警察已经在老磨坊边上找到了胡里安先生的路虎车，车门开着，插着钥匙。磨坊所在的那条路沿着河道，经过哈尔东家的房子的背阴处。我父亲曾在那个磨坊工作过，正因为如此，当我们去巴塞罗那的时候，车厂不愿雇用他，因为他老了，也因为他有支气管炎。车厂是好的工厂。面粉的粉尘将父亲薄纱般的肺间纹理织成了蛛网。

黎明又快来临了。我和上尉爬上楼梯，走进了房间。那曾经是艾梅特利亚姑妈的房间。当我母亲还活着的时候，我们一起在她的房间睡。房间在厨房正上方，两张床的床头靠墙，紧挨着烟囱，充分利用冬日的炭火。虽然现在不能在那儿睡了，我还是继续打扫那个房间。那是我唯一不住却打扫的地方。星期一。我每个星期一给家里泼水。我从厨房开始，然后打扫葡萄藤下的棚架，那里有淋浴和厕所，接着是我的房间，最后是我母亲的房间和放她骨灰瓷罐的书架。

在我的记忆中，父亲仍坐在窗边，从那里眺望未铺沥青的街区马路，在建了一半的楼群间寻找山峦和田野的踪迹，像一个不该身处此地的农民为了出门给橄榄树修枝，在等候雨过天晴。本质上来说，哪怕我们走得再远，也没能走出这个村子。在那儿，城市的痕迹已经消失无踪，我们脚上仍沾着土路的污泥。从我们的窗户可以听到欢快的颤音、爬上未粉刷墙面的朱顶雀的鸣唱，房子正面墙上有一块牌子，上面写着"住房工会房屋[1]"，画着轭门和一簇箭头。鸟儿们、雅格瓦姨妈和她的丈夫从前住在二楼，住在像我们家一样小的牢笼中，用防盗栏杆将小混混们隔离在外。

我父亲说话惜字如金，单字单字地说，把几个词语杂糅在一起说，就像烧制的陶土一般。他并不是一个很会社交的人。虽然他也像其他人，像泥瓦匠和工厂的短工一样去加利西亚女人的酒吧——工厂有好的厂和不好的厂，车厂就是那个好的厂。他有时支着手肘坐在吧台边，有时和他们一起坐在桌边喝酒，虽然听

1　相当于政府保护性住宅。符合要求的特定人群向政府部门申请的优惠住宅。

他们讲笑话也会笑笑，或用他低沉的嗓音嘟哝几句，但他似乎一直是抽离的、在远处的，可能处在山峦间，任由自己被叽叽喳喳的话语声和烟草的烟雾包围。当他换班休息的时候，放学后的我会透过玻璃窗，看着他出神的样子。对于我父亲的年纪来说，我这个女儿年纪太小了。我的出生是一个意外。我用怀疑的眼神望着他，他沉浸在自己的世界中，反复咀嚼着某种悲伤，不时看看空着的那只手上手表的时间。我父亲在等待什么？当妈妈让我去找他的时候，那些男人的声音、脚踩着地板上的蜗牛壳和锯末发出的吱嘎声响让我感到害怕。在加利西亚女人的酒吧，他们用冲压机给咖啡勺打孔，这样那些瘾君子就不能用它们给海洛因加热了；用厕所需要借钥匙，钥匙系在一条肮脏脱线的绳子上。厕所里没有灯泡，得摸黑撒尿。

我继续在这里躺着，眼睛紧盯着屋顶的横梁，慢慢熬着时间，直到天开始透亮。连续两个晚上没有睡觉了。我担心失眠的坏日子又回来了。从伦敦回到村子的时候，我就像只目眩神迷的猫头鹰般不肯合眼，我母亲不得不把我的眼皮用橡皮膏贴起来，但就是这样我也仍是不睡。她的气息仍在四壁间流动。我已经感知不到她衣服上的气味了，但是她的声音仍在，她在声音的回响中向我轻声讲述那些从小陪伴我的故事——那已经不完全是她的声音了。她一遍又一遍地重复那些故事，就连她自己也不知道这样做有什么意义。

"当大家发现那个女人跳入井中的时候，井沿的油灯仍在燃烧。"

"什么是井沿，妈妈？"我打断了她。

"就是围在井外面的那圈石头。"

"她为什么需要光？她就要死了呀。"

"这个故事你不是都能背出来了吗？"我母亲说道，手里拿着掸灰尘的抹布。

除了吃饭，我从没见她坐下来过。有时她甚至连吃饭都不坐着吃。当我们住在巴塞罗那的时候，我母亲在别人家做完清洁后，晚上打扫自己家的卫生，除了星期天。星期天早上，她会起很早打扫家里的卫生。

"我喜欢你讲给我听。"

母亲笑了。她也很喜欢钻入那些村里流传的离奇死亡和鬼怪故事的迷雾中，但总是磨磨蹭蹭地故意不讲。当时还不到十岁的我，跟在她的裙脚后面，一直跟她到厨房。她必须准备晚饭了。我的父亲应该已经坐上了把他从不好的工厂——瓷器厂带回来的轻轨列车上，在瓷器厂他被分配去做从耐热烤炉中取出成品的工作，回来时衣服上总是浸润着一种奇怪的味道，像是药的气味，那是在沙土中掺入的化学品的味道，他说那是钾肥。我的哥哥嘉比那时还和我们住在一起，我妈妈得把钱卷成小卷，捆上橡皮筋，藏在床的金属床脚里。他在自己房间里闭门不出，吉他的音乐声和其他轰响穿过纸糊的薄墙，连厨房都能听见。磁带录音机里反反复复放着一首令人心烦的关于腐烂梦想的歌曲。

歌是能打乱人的生活的。"我们的灵魂无爱，兜里没钱。但是，安吉，你不能说我们没试过。"我也试过，但是我害怕。

我想再听一遍故事。和讲其他故事一样，母亲总是会改变故事的一些细节，有些被省略了，有些被夸张了。那些小改动让我着迷。我继续问：

"那位太太为什么跳下去，妈妈？"

"因为她矫情。太太手里拿着烛台，穿着睡袍，走下楼梯。走到马厩边的水井后，她把水桶从井的支架上解下来，解开滑轮上的绳索，把绳子的一端扔进井里，另一端握在手上，把绳子在地上拉直，指向拉斯布莱尼亚庄园的方向。"

"为什么？"

"别说话，等一下。"

我的母亲几乎不会写字。在她去其他街区给别人家打扫卫生的时候，需要我家的老头子把公交车号码给她写下来，这样她才不会搞错。她几乎不会写字，但是当她讲述村里的故事的时候，那些语句就像是另一个世界写就的，传到这里，就好像一个古老的声音，一个风与灰造就的声音，从她的嘴里而不是其他人的嘴里喷涌而出。

"她是光着身子跳下去的吗？"

"一丝不挂。她把所有的东西都好好放在烛台旁边，让大家知道是她、她在那儿。庄园的五个大壮汉把她悬空拖出来，其中一个绑着其他人拉着的绳子进到井里，才把她拉了出来。"

我母亲在讲故事的时候做了一个戏剧性的暂停。只听到洋葱在锅里慢慢地噼啪作响。

"那死掉的那个人呢？为什么在跳下去之前把井绳在地上拉

直？"

"那些老侍仆也这么问你艾梅特利亚姑妈来着。你姑妈 11 岁的时候进的拉斯布莱尼亚庄园干活，以前都是这样的。我当时还没出生，你父亲也是。"

"那后面怎么样了？他们做了什么？"连最不紧要的细节我也想搞清楚。

"当侍从的喊叫声响彻门厅的时候，"我母亲说道，"哈尔东少爷让人给马备好鞍，骑着飞奔的马穿过了拉斯布莱尼亚庄园，去寻找牧师、警长和医生。他把孩子和田里的活都交给下人负责打理，直到三天后才回来。"

那些传说的名字听起来都很古老而遥远，远离现实。

"你艾梅特利亚姑妈告诉我，是哈尔东家的人偷走了你们的地。"

"什么？"

"他们趁乱利用了当时的状况。你的爷爷不想去古巴打仗，你的曾爷爷不得不贱卖掉最后一小块地，买个人替他去。到最后，每个人都添点乱，就这么把庄园给折腾没了。马洛托家族的血液里流淌着赌博和酗酒的基因。"

"他为什么不想去打仗？"

"因为那些被抓去打仗的小伙子回来都疯了！他们说看到了光着身子的圣母和魔鬼，或者其他更糟糕的东西。"母亲关掉了炉子，在围裙上擦了擦手，"士兵只有米饭和黑面包吃，连能喝的水都没有。他们身子骨太弱了，就在草丛间的沼泽里染上了病，发高烧。所以你爷爷才这么害怕。"

我们从楼梯的缝隙间辨认出了我的父亲，他难听的咳嗽声和踩在台阶上的脚步声。我母亲立马不说话了，递给我四个琥珀色的玻璃盘子，让我摆到桌子上。四个盘子，每天晚上都是如此，虽然我的哥哥嘉比不吃饭，因为他从来都不饿。当我回到厨房的时候，正好听到钥匙在门锁里转动的金属声，母亲把一根手指放在嘴唇前示意我不要说话，在我耳边轻轻地说：

"淹死的那个女人家偷走了你们的土地。整个埃尔阿楚艾罗，曾经都是你们的，都给哈尔东家吞了。"

正是这里，是现在，当我交叉双臂躺在艾梅特利亚姑妈的床上的时候，我听到了水的深处同一个地点发出的回响。我明白了，童年的迷雾间那个井中溺死的人，如果曾经存在过的话，她一定被迫成为了胡里安·哈尔东·马尔东纳多的亲戚。那些死者间都这么互相称呼。

孪生姐妹

　　丧钟又鸣响起来。丧钟在周二敲响了三次，也就是我们在山上找到胡里安先生的后一天。现在又敲响了，在这个周四的下午，而整个乡里都已经得知了这个不幸的消息。钟声告知大家悼念仪式在 6 点开始，那将会是一个没有遗体的弥撒，因为据说昨天老爷就在省城秘密地下葬了，出席的都是和他关系紧密的人。这只是走一个程序。教堂女司事特奥多拉出于礼貌，一直等到了双胞胎姐妹到来，以示对她们的尊重。人们是这么说的，雇主们一个个逝去，但我们的生活却好似仍停留在对主子低眉顺眼、言听计从的那个年代。胡里安·哈尔东的姐姐们住在市里。我从来没见过她们，但村里人都说她们长得一模一样，高大壮硕，脚却很小，跟身体的其他部位相比简直小得滑稽。这里大家叫她们拉斯布莱尼亚的双胞胎姐妹，或者哈尔东家的姑娘们。大家悄悄地说她们不会下崽，因为她们没有生过孩子。他们说着，说着，说着，从来不谈自己的事情，那些啃噬着他们内心的事情。

墓地的铁门虚掩着，但是我既没有在坟墓间也没有在放农具的小屋子附近看到达米安。

他应该和其他人一样，在教堂里。我推了一下，带着尖刺的破旧铁栏杆发出吱嘎的响声来欢迎我。只有我踩在碎石上的脚步声、树枝间的微风声和青铜缓慢而肃穆的鸣响声——先是大钟，随后是小钟，在大钟的回声消失干净以后，小钟才会响起回应——除此之外，一切寂静。在每组钟声的最后，如果连续敲两声，表示死者是男性。如果是女性，则连续敲三声。从前，如果死的是小孩，钟鸣声会更加悲伤迟缓，但是现在这儿已经没有孩子去世了，原因很简单，因为已经没有孩子出生了。很多年以前，很久以前，所有处在育龄期的年轻人就都离去了，比如我的父母、雅格瓦姨妈和其他一些人。我的母亲教我钟声的含义和其他一些宗教仪式的小规矩，我在不知不觉中就学会了，就像田野周期变化的节奏，就像四季变换的节拍一样，它们将我摄入其中，将曾经那个我的残余消解得一干二净。无花果树的木头不适合做柴火。大蒜不能伴着下弦月播种。圣栎树是最会引雷电的树。山丘上出产的橄榄比山谷里产的油更多，也纯得多。当公鸡不按时打鸣的时候，就要变天了。天空布满卷积云预示着将要下冰雹。一年间耕作和休耕的次序和次数。慢慢地我都学会了。

我往墓地深处走去，自己也不知道为什么，走向那块发红的被叫作"自缢者院子"的土地。这里曾经和其他亡者隔开，埋葬敢于寻死之人，现在是装点着大丽花的花坛。在那之前，他们甚至都没有墓碑；尸体被人们抬着走几个来回，然后就像那些穷人一样被扔进垃圾堆里，等着秃鼻乌鸦来啃噬他们的皮肉。这是自杀者的土地。算上胡里安先生，在最近的一年半中已有三个人自杀了。三个男人。理发师拉法埃尔是被系在床头栏杆上的皮带勒死的。人们添油加醋地为他的死亡冠上些牵强的理由，好似这样就能说得通他为何自杀了：大概因为他不习惯鳏居的生活，大概因为他 92 岁了，大概因为他生病了。他死后还没到六个月，就又来了胡安·卡里索的那一出。他是离这儿二十来公里远的一个村子的村民。我还记得那回事，也记得当时村子里是怎么谈论这件事的，尤其是说到他的一个舅爷爷也是自杀的。卡里索好像是肩上扛着猎枪，在黎明时爬上了种满橄榄树的山坡。他不紧不慢地挑选了一棵树，应该是他认为最高大的一棵，然后背靠着树调整好了姿势，就像我现在一样。3 月的一个早晨正要到来。谁也不知道，当他坐下的时候，晨霜是否沾湿了他的裤子，他是否停下来欣赏了风景，在他自杀前那一刻是否想到了某人，抑或，凭借着一股盲目的冲动，他下手干脆利落。他只脱了一只鞋，右脚的鞋，脱下了袜子，把猎枪放在两腿间，把枪管支在下巴下面，往后拉动枪栓，用大拇脚趾扣动了扳机。唯一的一声枪响应该响彻了山谷。一个牧人在艾尔门布里亚尔最深处的一片橄榄树间放羊吃草，他发现了尸体。第二天，那个可怜人的兄弟们便带着塑料袋，爬上山来收拾撒落在野雏菊铺就的黄色地毯中他的脑浆。

死亡一直以来就在这里神出鬼没。这片地方的人们都非常清楚这一点。也许是悲伤造就的消失。或者是雾霾，把一切都蒙上了雾气，让所有东西都变得如此相似。我最终理解了这片土地的灵魂，就好像我出生在这里一样。我熟知这里让人痛苦的孤独景色、这里赭石所有的色彩变化、这里变幻成青蓝的绿野。我知道窸窣声响是如何交织响应——蝉的弹拨、鼹鼠挖地、刺菜蓟被风吹拂——好似怕寂静还不够浓稠。几个世纪以来，时间都被湮没在永恒的当下，每一刻都和下一刻完全一致。从我家往上，从最高那块巨石再往上，在陡坡的另一面，无垠的原野和它野蛮的本能蔓延开去，耕地和荒野交错重叠，村落在皱曲的地平线上隐约可见。田野会放空你的脑袋。如果你屈从于它甜蜜的拥抱，它便会一片一片地蚕食你的身体。饥馑的土地想要回属于它的东西，那些本不应该因为遍布四处的饥饿而离去的东西。

几个世纪以来，这些土地都是一片背对世界的堡垒，背对着主干公路，背对历史。我们现在没有多少人了，和其他人一样，互为亲眷。虽然时间已经抹去了一切，它仍知道谁都做过什么。如果仔细感受，我便能听见簌簌低语，氧化物的味道进入我的鼻腔。血是红色的，闻起来有股铁的气味。

"母亲，告诉我，为什么男人都离开了村子？"

"他们在残手迭戈·阿尤拉的命令下，在夜间步行着往山上行进。艾梅特利亚姑妈的一个哥哥也跟他们一起去了。他们是这么说的。很多人没能从战场上回来。只有老人和残疾人留了下来。还有那个认为自己什么都不怕的人。"

我朝后退，向右转弯，从小路走到了预先做好的、躺着我母亲的混凝土壁龛。就在凸出的瓦片下面的第三排。有时我给她带来上山的路上采摘的金盏花和迷迭香。我经常过来，不让蜘蛛有足够时间在壁龛上织网，也不让泥土和灰尘在壁龛的窗台上沉积。我不祷告，因为我不是那种会祷告的人，但是我会陪着她。我坐在草地上，斜倚在柏树上——达米安把石灰水涂在树干上，涂到树的一半高，这样小煤炱菌就没法腐蚀树干了——和她说话。

告诉我，母亲，是什么折磨着胡里安老爷，让他上吊自杀了呢？他缺什么，告诉我。老拉法埃尔先自杀了，然后胡安·卡里索用猎枪自杀了，现在又轮到了拉斯布莱尼亚的胡里安。我来是为了躲开死亡，躲开阴影，躲开呼唤我的河流，怎么来到了这里？我有时会害怕，母亲。为什么在这片土地上有那么多人寻短见？而且虽然看似荒谬，但自杀几乎总是发生在春天，在生命发芽的春天。今天你不想说话。你专注于自己的事情。当我小的时候，你给我讲那些自杀的鬼魂的故事，讲他们夜晚在村子里游荡，寻求安慰，你记得吗？那些家庭的人绝望地来到埃尔阿楚艾罗，来问艾梅特利亚为什么。我好像还在看着你的那张嘴，那张并不完全是你的嘴，听着你的声音，通过童年的迷信和死亡造就的巫术吸引着我。你那时说："是胡桃树，在空气中释放出坏的水汽，带来神经上的毛病之类。"你还记得吗？"有些人觉得人们是因为风而自杀，风吹进他们的耳朵，把他们搞疯了。还有些人说是因为近亲乱伦，把血给弄脏了。"他们说是不是喝的水的缘故，是不是橄榄树的缘故，是不是海拔的缘故。某些夜晚，你说是那些匈牙利人的错，他们几个世纪前带着他们的小提琴过来，琴箱里藏着悲伤。所以你说，在乡里还混杂着这么多天蓝色、绿色和蓝灰色眼睛的金发的人。金色头发，就像拉斯布莱尼亚的主人一样。你说"匈牙利人"，但是我不久前刚知道还有德国人、瑞士人、弗兰德人、北方人，北方太适合忧郁了，缺少这片土地夏天的火热。神父告诉我，250年前，卡洛斯三世的移民政策给这片山区带来了垦农，这样就清理干净了强盗横行的山路，让这片荒无人烟的土地得以繁荣。这些移民必须是信天主教的农民，他们分散在各个荒僻之处的房子里，和谐共处，村庄间通行困难，骑马得一个多小时。政府承诺给每户承包的人家50法内加[1]的土地、一把丁字镐、一把锄头、一只公鸡和一头母猪。但是承包商算计得精巧，就像圣经里的诅咒一样，最后送来了矮子、老弱病残、要饭的、逃兵役的、懒惰鬼、不会种地的体弱男人、影子剧场的喜剧演员、骗子和沉迷于各种恶习且疯狂酗酒的瘾君子。所有人都像行尸走肉一般，牧师读到的书里是这么说的，这样就种下了这片土地上自杀的恶的种子。

从小这些传说就让我着迷，直到有一天，你突然不说话了，把厕所的镜子敲得粉碎，想抛下我回村子里去，你记得吗，母亲？

丧钟的悲鸣又开始响起，仪式应该快结束了。再见，母亲，我会很快再来的。我越过栅栏，两大步转过了街角，背贴着侧面的围墙，屏住了呼吸。我不想撞见任何人，就连神父也不想碰见。我悄无声息地前行，紧靠着墙面的灰浆，一步接着一步向前，眼睛一直盯着通往教堂的那条路。在这里不可能有人发现

1　法内加，面积单位，各地不等，有的地区合6600平方米。

我——在墓园的后墙，在黑莓树黑红色的树枝后面。在他们告别时，在他们互致哀悼然后四散而去时，我就回家。走得快的话，一个小时我就到埃尔阿楚艾罗了。

我坐在地上抽烟，就像印度人那样盘腿坐着。太阳已经快落下去了。我好似从古道间辨别出了一个跛行的身影，一手拄着拐杖，另一只手拿着一只塑料袋。是他，毫无疑问，是斑大[1]，磨坊的赶鸟人。他的身形不可能与别人搞混。他被叫作斑大正是因为他那长及双脚的大衣上显眼的污斑。他从来不脱大衣，也从不摘下那顶刈割者的草帽，不论下雪还是结冰。而且在这里，在群山间，就从来没有不下雪的冬天。老斑大吓了我一跳。我像个弹簧一样跳了起来，拍了拍裤子上面的灰尘，当我正转身要走的时候，他抬起手来向我打了个招呼。这下我必须得等他了，我本来并不想跟这个丑八怪有任何交集。他过来了，穿着那件有着棕色穗子和翻领的大衣，就像 20 世纪 70 年代的衣服一样。

"你怎么在这里？"我问道。

"我来采白玉草。"

斑大身上一股火堆和尿的味道。他没看我，着急忙慌地采起了贴墙生长的白玉草，怕我偷了他的似的。他知道我在看他，但是他继续忙他的，弓着身子，大衣的尾巴就像蝙蝠折叠的翅膀。

"你不喜欢白玉草吗？"他问我。

"不喜欢。我还是更喜欢我园子里的卷心菜。"

1　原文为 Rodales，此处为外号，意为斑点。

"很嫩很好吃的。墓地里的白玉草吃起来有肉的味道。"他笑着说，那是一种微微的、收敛的笑容。

"哎，我得走了。"

不知道为什么，我躲着他。有什么东西让我避开他。

"你这就走了，马洛托？你带烟叶了吗？"

我说带了。我把烟叶从皮外套的衣兜里掏出来，还有卷烟纸和滤嘴。斑大直起身子，把大衣的尾巴从缠绕的黑莓树丛间解开，走了过来。我正要开始给他卷烟，他说："快看她们，快看她们，她们在那儿呢！"

"谁？"

"你傻了吗？还会有谁？双胞胎姐妹们，哈尔东家的双胞胎。"

我转过身去，一辆出租车在远处穿过马路。后座上有两个金发的脑袋。我不知道我是真的看见她们了，还是我的想象。两个金发的脑袋，两个穿着介于灰色和棕褐色间的丧服的身影，和拉斯布莱尼亚的土地一样的颜色。

托马斯的酒吧

星期天是喝酒的日子。我穿上干净的牛仔裤，编了条麻花辫，下坡走上通往村子里托马斯的酒吧的土路。只要嘴巴让我继续，我就喝它个够，一个人喝也好，和在那儿碰到的男人们一起喝也好。这些年以来，他们已经习惯了我的存在。我在打牌的时候模仿他们的动作，他们在我旁边的时候也盯着电视上女人的屁股看，就好像我也是他们中的一员。我不说话，潜伏在他们中间。那儿没人问太多问题。

日子变得越来越长了。已经6点了，天还没有黑。我已经快到了。我们一共会有一百来个人，每个人都有自己的地盘，都坐在自己的位置上。在村子的中心，在教堂的小广场上，在公用的空地上和农民自己搭的小酒馆里。而我们的地盘，是在村子外面，就在加油站的前面。这是怪人的酒吧，疯子和可怕的人的酒吧，与众不同的人的酒吧，老单身汉的酒吧，醉鬼的酒吧，不相信钱的人的酒吧，被风吹坏了的人的酒吧。除了我，还有另一个和单身哥哥同住在湿地的寡妇时不时来以外，再没有别的女人来这里了。没人敢走进别人的地盘。

我挺喜欢托马斯和他的酒馆，虽然酒馆闻起来有一股泛潮的味道，墙上的灰浆太厚了，墙灰那放久了的黄油的颜色，把墙上用夹子做相框陈列的照片都给毁了。那是些老摇滚明星和好莱坞演员的黑白照片。实际上，这根本不是什么酒吧，这什么都不是。这是他母亲的老商店——她从前在店里卖合作社的咸肉、豆子和油——再加上推掉墙壁后多得的那几平方米做的吧台。托马斯从前在省城当邮递员，被办了提前退休后就回了村子。他住在山上，和他母亲住一起。直到不久前还在隔壁村子找了一个女性朋友，一个做瓷器的，算是半个女朋友。有时，托马斯会给我们放电影，让我们开心开心。西部片大家最喜欢，没有人会因此吵架。《正午》这部片子我们看了大概四十遍了。主题曲的歌词我都能背出来了："别抛弃我，我亲爱的[1]。"也可以在脑海里一个镜头一个镜头地回放加里·库珀一边写遗书，一边等待正午列车到来的场景。

托马斯人并不坏。只是和我一样，是村子旧货仓库里的另一件破烂家伙而已。我俩都属于迷失在聚会和等待中的那一代。今天他扎了一根辫子，头发稀疏灰白。他是一个干瘪的老嬉皮，放着好音乐，放着该放的音乐。他放滚石、奇想、史密斯乐队，也

---

[1] 原文为英文。下同。

会根据每个下午的情况，放平克·弗洛伊德和创世纪乐队的歌，放碰撞乐队。"我与规矩作斗争，规矩赢了"，我与不公正的规则作斗争，规则将我打败。他把所有当我到伦敦时、当撒切尔在位时流行的音乐一股脑儿混在一起放。撒切尔这个巫婆，已经让矿工们的日子非常难过了，还不放过搞视觉艺术的工作者们。托马斯并不确定，但知道有些歌曲让我受不了。他招待我的时候很让人信得过，不怎么说话。有时他给易卜拉希玛放雷鬼音乐，会放任他卷自己的烟抽。我不喜欢这种深色的草，也不需要。我抽叶子会不舒服，它让我的大脑变钝，让我分不清不同的声音。我还是喜欢我的葡萄酒。

从这儿我已经能看清大门门梁上的招牌了，"汤米酒吧"。就像谁人乐队的那首歌："汤米你能听见我吗？"你能听见我吗？有人把狗拴在外墙的铁环上。是斑大的母狗，是的。我是从系在项圈上的脏污的绳子和它同色的毛发认出来的。我穿过薄铝条做的小门帘，这个门帘挡住了本来会成群飞进来的苍蝇。斑大站着，倚着吧台，看着我，咧嘴微笑着。我干巴巴地向他问了一句好。我不知道他的真名是什么，姓什么，甚至有没有名字。托马斯用一块布把杯子擦干，放在玻璃架的下层，放瓶子的柜子下面。他向我点了点头。我跟他要了杯葡萄酒。托马斯倒起酒来不小气。电视开着，但是没有声音。酒吧里放着恐怖海峡乐队的音乐。

其他人，搞破坏的主力军们，更喜欢坐在酒吧深处的一张矮桌周围：神父安德烈斯、掘墓人达米安、修车铺老板塞巴斯蒂安·马格尼亚，还有寡妇的哥哥阿尔卡里奥，他们叫他皮草匠，因为他父亲从事皮毛加工。我知道他在沼泽地附近有羊圈。我们全员到齐了，全部都在，摇摆苏丹们。

我走近他们谈话的圈子。神父和我贴面问好，他的两个吻太靠近我的嘴巴了。他看了我一眼，然后就将目光移到他的珍宝威士忌加可乐上去了。他中午应该有弥撒的，下午就待在村子里打发午后时光。当知道自己不会去的时候，他就把布道词写下来，把祭祀的圣饼准备好，让女司事特奥多拉将圣餐分给被宣福的信徒。我跟其他人握了握手。他们都为我腾挪了坐着的高脚凳，大家调整了下位置。

我喜欢男人间的谈话，一般都温和、平静，谈话的目的具体而简单。但今天不是这样的。农场主的死亡引发了各种流言蜚语，那些古老传说、迷信、没算清的旧账和他们曾被灌输的宗教恐惧又开始被想起。连我自己都未能摆脱这盘根错节的牵连。已经过去两个星期了，我们还在绕着同样的东西翻来覆去地讨论，就像牛虻吸血般地坚持，因为当在村子里发生一起自杀事件时，人们害怕在这些山峦的某个角落，在随后的日子里会迅速引发另一次自杀，就像瘟疫伸开它无形的传染链那样。

"有些人家是这样的。我指的是自杀这件事。像是血液里就带着的那样。"马格尼亚说。

马格尼亚是机械工，和往常一样，他全身套着宝蓝色的连体工装，我从未见他穿过其他衣服。他修车的活不多，连路过的车都算上也不多，但是靠鼓捣村里杂七杂八的家什养活自己，东修一个锅炉，西修一个蓄水池的马达，修修脱粒机、绞肉机。他帮我们拉过电线，胡里安先生觉得不错。我们甚至从给拉斯布莱尼亚供电的电线杆那里接电。

"但是拉法埃尔，那个理发师，他也是上吊自杀的，据我们所知他家没人自杀过。"掘墓人达米安反驳道。

"拉法埃尔是个例外。大多数自杀的人家里都绑着另一个自杀的人，就像樱桃一样，一个连着另一个。"

"自杀总是两个两个地发生。"

"会传染的。"

"他们基因里就带着呢。"

"都是些蠢话。是绝望、贫苦导致的。上世纪50年代有多少人不得不离开这里？你们不记得了吗？马洛托家的人就被迫走了。"

马格尼亚看向我。我点了点头，但是什么也没说。对，我的父母离开了这里，当时并不知道会再回来。也许我父亲直觉会回来，因为他从未想要卖掉村里的房子，那个我们仅有的房子。

"那住在哈拉米约路下坡的科瓦莱达家可不缺钱，他家的卡特琳娜就在牲口棚里的一个铁钩上上吊自杀了。"

光是铁钩这个词就让我胆战心惊了。是怎样的绝望，让她将绳索套在了金属凸起的地方。那个卡特琳娜是我听说过的第一个自杀的女人。

"卡特琳娜是因为男朋友逃婚而上吊的，就在婚礼的三天前。"

她是穿着婚纱上吊的。守灵的时候我去了。他们把陪嫁的床上用品也装进了棺材，那上面绣着她和她那失踪丈夫名字的首字母。

穿着婚纱，太可怕了。我闭上眼睛就能看见那个挂在钩子上的女人。孤零零的，被抛弃的。绢纱和欧根纱一直垂到脚踝。母鸡们啄食着她的双脚。

"这里连女人都上吊。"

"尽瞎扯淡！"

"那普利多家的事怎么说？先是父亲自杀了，过了几年，三个儿子也陆续死了，都是上吊自杀的。他们都怯懦得不行，一个接一个地在庄园的树上吊死了。"

"没人想去普利多家住，而且当时的神父还带着圣水掸洒器去他们家诵经祈福。"

"那儿太偏了。实在太偏。"

"他们说萨罗布拉尔家的一个人用屠夫刀把脖子都砍断了。"

死亡让他们着迷。他们谈论自杀的事时自然得让人错愕，就好像是谁开始说起未至的降雨，就好像生死之间并无分界。谁和隔壁村子或是再过去一个村子的自杀者家多少沾亲带故，抑或相识。那些自杀者被其他死去的人所保护，被那些先于他们死去的人的痛苦传统所庇护。他们谈起自杀者时带着尊重，带着些许恭敬，就好像有一个神秘的光环将他们置于活着的人之上。

"伊格纳西奥告诉我，很多年前，大概是在上世纪 80 年代中期，村里曾经来过一个精神科医生。我去见过他。"神父随口说了一句。

"去见过精神科医生？"我跳了起来，紧紧盯着安德烈斯的眼睛。

"他申请调查教区文件、死亡文书。大家都知道他走遍了乡里的好些村子。"

"为什么？"我追问。

"为了查数据。这里的自杀率很高，几乎是其他地方的三倍，而且大多数是上吊自杀。"

"我不明白的是为什么胡里安先生能够忍这么久。"我想多听一点关于精神科医生造访村子的事，关于调查的事，但是马格尼亚又把话题拉回了庄园主的死亡，拉回了我们的事。

"死亡有它的耐心。"掘墓人肯定地说道，这种自信是他的职业带给他的。哪怕是在最严寒的冬天，结冰的时候，他都穿着凉鞋，里面是羊毛袜，脚趾尖的位置空着。他的脚趾因为糖尿病被切掉了，他肯定不想让我们忘了这件事。他给草坪浇水、除杂草，在天黑时关上墓地的铁栅门。是达米安为我妈妈挖的墓穴。

"他们的脑袋里冒出了这个想法，情况就急转直下了。"

现在说话的是托马斯。事实上是谁在说话，贡献了什么猜测并不重要。我主要倾听，试图从半真半假的话中去糙取精。

"据说是因为债务。"

"债务？哈尔东家钞票成堆呢。"

"橄榄果的收成不好。"

"那不相干。"

"土地不是钱，只会让人头疼，伤脑筋。"

门帘叮叮作响，提示来了新的主顾：易卜拉希玛和维塔利，两人穿着干活的衣服。乌克兰人点了一杯本地干烧酒，这是最像伏特加的酒了。易卜拉希玛点了一杯加冰的苹果甜酒，倒在直身杯里。我觉得很奇怪。我从来没见过他喝啤酒以外的其他酒。他不谈论宗教，但是我知道他遵守斋月禁食，并且用他自己的方式庆祝宰牲节。

他们走了过来，占了旁边的那张桌子。圈子变大了。

"你们有新消息吗？"我贴近他问，"双胞胎来了吗？"

维塔利摇摇头。坐在了我旁边的易卜拉希玛也没说话，眼睛盯着自己的脚。庄园主的死亡让他茫然无措。虽然天还没开始变热，他又光着腿来了，穿着一条长及膝盖的运动短裤。这个小伙子皮肤愈合能力不强，腿上的伤疤看上去还新着，虽然离他被刺伤已经过去三年了。就像一道颜色浅一些的果冻做的纹饰，就像他手掌上的那条一样。

"什么也没有？"我追问道。

"当她们来的时候我正在给园子浇水，但是她们没看见我。"维塔利背朝吧台坐着，这时转过身去，向托马斯做了个手势，示意他带着瓶子过来，"双胞胎离我太远，没必要打招呼。迪奥尼西奥出去迎接她们，帮她们搬行李。带她们来的出租车马上开走了。一整个下午都没看见她们。当我们走的时候她们还在大房子里。"

双胞胎带了箱子到拉斯布莱尼亚。我不知道里面是装满了邪风，还是空着的。

"那两个人没想着留下来。她们就是来翻文件，好搂走她们能拿的一切。"马格尼亚看出了我在想什么。

"你，小黑，你怎么说？"达米安问道。

易卜拉耸了耸肩膀，喝了一大口酒。

皮草匠阿尔卡里奥到那时为止一直保持着沉默，这时他看着我，说道：

"马洛托，把房子卖给双胞胎。"

男人们哄堂大笑，除了维塔利和易卜拉。他俩微笑着，但是应该没听懂这里面的讽刺。皮草匠张开大嘴哈哈大笑着，露出了红色的牙龈和像被锯过的牙齿。我知道他在想着腐旧的篱笆、工具棚发黑的墙壁、屋顶的杂草。他在想着我干瘪下垂的乳房。我也笑了，假装笑了。我喝了口酒，咽下碰撞在上颚的红酒。我直愣愣地盯着他，直到他把目光移向别处。小心点，机灵鬼。母狼如我，知道该咬哪里。

斑大目不转睛地盯着我们聊天的角落，但是没插嘴。托马斯给他的杯子里又满上了波尔多红酒，那是一种暗红色的酒，就像水彩画里渲染出的色彩，就像吸满血的抹布洗下来的颜色。加完他也没怎么喝，也许是因为他酒量不太好，当快醉的时候就停了。有时一不小心喝多了，老斑大就会踉踉跄跄地走遍村子的马路，他那大胡子脏兮兮的，满嘴酒气，骂骂咧咧，大吼大叫："你们这些婊子养的，都别给我躲起来！虫子会在棺材里啃你们的舌头！一群窝囊废……我了解你们，知道你们和你们的人都做了什么。你们不记得残手迭戈·阿尤拉了吗？在承认真相之前，他会在地狱的炭火里把你们的屁股都点着了。你们完了！"他经常提到那个迭戈·阿尤拉,这个迭戈也经常出现在我童年听到的故事里。我母亲说他是跳下山崖的人之一。他并没有断臂,但因为是铁匠,锻炉的热气把他一只手臂的肉烫得萎缩了。当吼累了,酒劲也过去了之后,斑大就回磨坊去了。我知道神父也给他送去豆子和一些金枪鱼罐头;如果不送的话,他就会去布陷阱、偷无花果、到河里钓螃蟹。

"胡里安先生在拉斯布莱尼亚的生活很孤单。"掘墓人说,笑容逐渐平复下来。

"孤单?那这两个外国佬怎么说?"神父指的是易卜拉和白雪公主,"而且包工头迪奥尼西奥在那儿也有房子,不是吗?"

"据说胡里安当时和双胞胎姐妹水火不容,到了不共戴天的地步。"

"他当时都要到省城里去了,他派迪奥尼西奥去办手续。"

"可怜的不快乐的人。他一错再错。"

迪奥尼西奥的状态应该糟透了。我知道一些,但是还是不说的好。

"他那天来了,"托马斯说,"喝了个酩酊大醉。最后我不得不把他赶走了。我是好声好气地说的,但还是赶他走了。他在外面待了好一会儿,在石子路上,胡言乱语地大喊,说灾祸降临到我们头上了,我们到底会不会知道,等等。迪奥尼西奥是醉醺醺地回拉斯布莱尼亚的。"

"没什么,不过就是这位老爷醉得神志不清。"

"他神志不清?是我们神志不清。我们是疯子,因为我们穷。"易卜拉希玛那些细微处的理智让我感到惊讶。

"胡里安·哈尔东一直对他父亲的事耿耿于怀。"

"但是这都过去多少年了！"

"不管过去多少年。他刻在脑子里呢：'我奶奶跳进井里自杀了，我父亲吊死了，我也要上吊。'"

"自杀的是他的曾祖母。"

"不是，是奶奶。"

"跟这件事有什么关系？"

"他们那户人家惹了一身腥。"

我听着他们说话，不置可否。他的奶奶，或者是哈尔东家的随便谁自杀了，就是我童年时听母亲说过的在井里淹死的那个女人。但是，她的儿子——胡里安先生的父亲——也自杀了？我母亲讲的故事里可从来没有提到过。还是我不记得了？难道她是知道的？或许当淹死的那女人的儿子自杀的时候他们已经离开村子了。

"那是什么时候的事？"我问。

"哟，那时佛朗哥都还没下台呢。"掘墓人达米安在空气中做了个手势，表示那得是至少四十年前。

此时已经没人注意的斑大突然提高了嗓门，在吧台那儿喊道："我是最后一个见到活着的胡里安老爷的人。"

他的话又引起了一圈人刺耳的笑声。

"你们就笑吧，尽管笑吧，狗杂种们。我的眼睛知道它们看见了。"斑大对我们的嘲笑很生气，好像在海中划水似的比画道，

"我看见他从车里出来。他左手绕着绳子，高筒靴很干净。"易卜拉希玛和我迅速交换了个眼神：那老头没撒谎。"胡里安先生点了支烟，走上了小径，慢慢走着，但是目光盯着前方。目标明确，一往无前。"

"你能看见个什么，莽莽撞撞的。"

"你当时肯定醉得不轻。"

我相信他。斑大应该看见他了。否则他不可能想象得出拉斯布莱尼亚的老爷穿着马靴。为什么要穿马靴？要10月份才到季节，穿它干吗？他那天早上看见胡里安先生去胡桃树那里也并不奇怪，因为这个赶鸟人住在面粉厂的废墟里，就在警察发现的路虎车附近。

斑大步子坚定地走进了我们的圈子，坐在易卜拉希玛和维塔利中间的椅子上，他们给他挪了座。我怕他靠得太近，虽然今天他闻起来没有脏臭味，或者说，至少他的味道我可以忍受。斑大说：

"你们有些人不记得，是因为都还没断奶或者还没来村子，"老头盯着我，"但是胡里安·哈尔东·马尔东纳多自杀时和他父亲自杀时年龄一样，一模一样的年纪：66岁。"

这个数字印刻在了我的额头上，深红色，近乎胭脂红色。我没有想说话，但是嘴里发出了一个声音，问道：

"同一天吗？"

嘈杂的闲谈声渐渐平息了下来，直到凝固成了安静的期待。背景音乐放着洛·斯图尔特的音乐，"我只是在开玩笑"，我现在并不想听这首歌。"我浪费了所有的宝贵时间，我把它怪罪于酒"，酒和时间都浪费了。

"是一年的同一个时节。"墓地看门人看着自己的指甲说道。

我对着空气凭空算了算，在一个和另一个自杀之间留了点可接受的空间：达米安的年龄也足够为胡里安的父亲下葬了，在40年或者不管多少年前。

"那是耕作的时节，"达米安继续说着，他的目光迷失在某处，某处的深处，"我清楚地记得，因为空气闻起来有股烟的味道。"

差不多就是现在的时节。在3月，当橄榄树剪枝结束的时候，短工们在山上分散着燃起火堆，焚烧橄榄树剪下的枝杈，因为叶子马上会腐烂，天牛的幼虫会把树苗和好的树都弄死。此处和彼处，天空都被浓重的、白色的羽状烟雾搅得浑浊，风刮过一股像是密闭的教堂的气味，一种不想被燃烧的嫩木头的气味。

斑大张开掉了牙的嘴微笑着。直觉告诉我他说的是事实，哈尔东父子俩选择了同一天自杀。真痛苦啊。我问自己，农场主是怎么日复一日地走向死亡的盲点，每一日都等待着他父亲自我了断的确切的那一天，35年，40年，他想要的死亡还有多少年才来，遵循着每个小时和每一天的节奏，程序般地一分一秒地度过，直到系上绳索，将绳结套上脑袋，从胡桃树的树枝上跃下那一刻荣光的到来。最后一秒，他的头脑中在想什么？他感到了安宁？解脱？听见了他父亲和井中溺死的那个人的声音吗？"来吧，来，来这柔软之地，很舒服的。一切都消散了，什么都没有重量。"我们都要走向下水道，只有胡里安选择了什么时候去。

掘墓人的声音把我从沉思中拉了回来：

"胡里安先生的父亲没法忍受罪恶感了。年复一年地反复咀嚼，直到自杀。"

"什么罪恶感？"托马斯问道，他自己喝了口酒，坐到了圈子里来。

"老爷的父亲可没说过。"斑大说。他应该知道自己在说什么。他是这里年纪最大的。

"那么谁说过？"

"你就是想多喝两口而已！"马格尼亚插了句。

"当时我还是个小年轻，但是什么都记得。他们把我当笨蛋，说话的时候以为我听不懂。我在拉斯布莱尼亚的房子里看到了很多事情。我什么都知道。"

"那你说呀。"

斑大喝光了杯子里剩下的一点酒，盯着我。

"你们什么都不知道，而你比他们知道得更少，孩子，"他停顿了一下，继续说道，"你们知道艾梅特利亚是巫婆吗？他们不得不把她拴起来。你什么都不知道，马洛托。"

现在斑大是注意力的中心了。他还不甘心地继续说：

"你不知道家里谁是谁。他们骗了你。"

街上传来一声干巴巴的狗叫声，紧接着，金属帘子又发出簌簌的响声。是拉斯布莱尼亚的工头，他不知从哪儿冒了出来，就好像我们的谈话把他招过来了似的。他低垂着头进来。迪奥尼西奥大概六十岁。田间生活让人显老，他看上去比实际年龄大，体格健壮，并不高，但是比我要高一大截，宽肩阔背，皮肤被风吹日晒犁出了沟壑。

"下午好。"他说。

他站在离门两步路的地方，离我们说话的圈子很远，双手插在皮大衣的口袋里。九双眼睛细细地打量他，大家都一动不动，一言不发。工头避开了大家的目光，走向吧台，坐在了一张高脚凳上。托马斯马上起身去招待他，发出了挪椅子的响声。

"呦，迪奥尼西奥……你今天好些了没？"

两个人快速拥抱了一下，托马斯又在他的肩膀上拍了几下。

尖锐突兀的沉默出卖了我们。他不在的时候，我们除了聊庄园主的死亡，还能聊些什么呢？必须找些话来填补一下空白，不管说什么。我使了个眼色，神父就心领神会了。他明白我在想什么，马上说：

"那什么，我们在这儿消磨下午的时间。"

"你今天应该没有更多弥撒要做了，对吧？"我搭腔。

神父说他今天还得去教区做圣餐仪式。斑大起身，说要往磨坊去了，有挺长的路要走。气氛不那么紧张了。乌克兰人占了斑大留下的空，朝易卜拉希玛靠过去，在他耳边轻声说了些什么，几乎是窃窃私语。如果说我为那老头的离去感到遗憾的话，就是因为我还想继续打探打探，让他再说说他到底知道我家的什么鬼事。我总会有办法套出他的话。我看着迪奥尼西奥，他一个人坐在吧台旁，手里拿着烧酒，眼睛紧紧盯着装酒瓶的玻璃柜。他永远不会知道我明白他的苦痛。他有多少个夜晚在哭泣？要是他知道我知道的话……如果我告诉这群饿狗般的杂种我看见的，如果我告诉他们工头和胡里安先生上床，甚至他们俩曾经以他们的方式相爱着，那些人会像对待一头被分尸了的牲畜一样，剥了他的皮。村里食腐的禽鸟会享用一场他的残骸盛宴。

老面粉厂

　　我拿了两纸盒红酒，往背袋里塞了两三个苹果，伴着正午明亮的日光走上了小路，把狗的吠叫声甩在了身后——它们不知道我不带它们出去——还带着对于获知、对到达我未知的深处的渴望。走着，走着，我一直走到光明的中央，感受到大腿里血液的脉动。我从英国画家那里学到：走路是另一种形式的思考。画室中的生活有时让他觉得有压迫感，他需要出去散步，以缓解因画笔渴望却难以企及而产生的挫败感。他走在泰晤士河旁搭着旧棚子的马路上，穿行在错乱交织的挖土机和吊车间，撒切尔夫人用恶毒的手段毁掉了这个街区。尼格尔会在任何时间出门，如果愿意的话，在清晨跟随直觉漫无目的、没有方向地闲逛。"生存的唯一方式是随波逐流。"随波逐流，他说。那些是尼格尔·谭尔——鞣皮者的语句。那时我并不知道谭尔在英语中是鞣皮者的意思。一开始，我如一个影子般跟随他走。我们在退潮时走下盖满淤泥的老旧石阶，就在河床的鹅卵石上散步。

我穿过原先生长着庄园主小麦的荒地，迈着轻快的步子，很快就走到了自很久以前起就在我们的土地上标记分界的那排杏树。杏树是分界线，也是防线。再过去便是哈尔东家的领地了。我走过了山羊的牧场。以这样小跑的速度，不到半个小时就能到达磨坊了。空气闻起来有迷迭香和榨过的橄榄的味道，我在被风吹拂的岩蔷薇间穿行，为了不太靠近拉斯布莱尼亚而故意绕了点路，从庄园后的背阴处走，在那里冬天最后的寒冷仍存。我熟悉大地的每一条褶皱，知道那些带刺灌木的名字，晓得它们的枝杈都伸向何处，虽然对村里的人来说，我仍只是一个偶尔经过、决定留下的陌生人。我已经不在乎了。在这里我抛下了船锚。

我脑海里一直盘旋着在托马斯那里的周日茶话会。"他们把你骗了。"这是有可能的，因为谎言有助于生存，但是我被欺骗了，被什么欺骗？"你不知道家里谁是谁。"斑大说。没有人完全了解任何人，但是，从本质上来说，我又知道些我家人的什么呢？在我母亲那一支有很多既没有姓氏也没有土地的孤儿，而我父亲那一边确实有地，但他们的土地都被喝酒喝没了，被挥霍在了女人身上，或者玩牌玩得直到输掉最后一块土疙瘩。我们的血液里都带着盐酸。据我母亲和她的半个表姐雅格瓦姨妈所说，一大半的土地都被贱卖了，为了把我爷爷从古巴战争中赎回来，靠着哈尔东家人的施舍，一分一分攒下的1500比塞塔全用来给他买了个顶替者。他们最终夺走了整个庄园，连园子腐旧的篱笆都不放过。冤有头债有主。怨恨就是这么产生的，我猜。往事借助重复的打磨、添油加醋，一个新的视角在时间的长河中如同鹅卵石般慢慢被抛光润色，直到变成了传说。"你知道艾梅特利亚是巫婆吗？"我的母亲说她用圣母草[1]治愈胸口的窟窿，裸着身子出去迎向满月？他们是因为这个把她绑起来的？艾梅特利亚难道真的疯了？

我只知道我知道的，我在郊区所经历的。我的父母相互很少说话，一旦说话，就是为了争吵。"又要开会？""我一点也不喜欢工会那些人的嘴脸。"透过纸做的墙壁，我只听到母亲翻来覆去的抱怨，关于钱、加班工时、工人们惹的麻烦、毫无益处的饮酒、水泥厂的灰让刚洗过的衣服白洗了、父亲对我哥哥如何严厉。在指责的间隙，时不时能听见我父亲充斥着面粉的朽烂双肺的呼吸声，胸口对着火炉口跳动的火苗，背对着1月的夜露，厂里的窗户成对敞开着。他被辞退的时候，最后一个月的工资是用一套咖啡器具支付的：六个洋蓟绿色的金边杯子、咖啡壶、奶杯和糖罐。我们从来不用。"看看，孩子，但是别碰。它有一种你姑妈艾梅特利亚的气质。"我的母亲在窗口抬起杯底，对着光照，直到瓷器能让人想象出一张严肃的女人的脸庞，头发梳成一个发髻，让人感到害怕。我的母亲永远不会原谅老头丢了工作，也不会原谅他把我哥哥赶出家门，哪怕他几乎从不着家。嘉比回来不是讨钱就是睡个两整天。在离去之前，我的哥哥就已经是一个缺席的回忆了。"男人们要进这家门就该像个样子。"嘉比胸前背着运动背包，1972年慕尼黑奥运会的背包，站在没有电梯的楼梯平

1　又名菊蒿，有毒。

台。哥哥当年17岁，我还未满11岁。我们当时都不知道他们两个会接连死去，一个紧接着另一个。当家里没有了男人的时候，我的母亲就回村里去了，把我托给雅格瓦姨妈照管着上学，直到我受不了了，离开她家，离开街区，离开了这个国家。做互惠生，当时他们是这样叫的。

我来到这里寻找安宁，但正是在这宁静的中央，在景色最宜人的时刻，我却最想念伦敦的生活。街道的喧嚣、青春的活力、我错过的那些机会，我无休止地上上下下，却总是把你留在同一个地方。我把生命浪费在了何处？我在躲避着什么？在任何地方我都没能感受到在伦敦的自由。难道那就是自由？不管那是什么，我不知该拿它怎么办。我到的时候矿工的罢工正要结束，而沃平区报纸印刷工的罢工还未开始。我拿着一封写有我姓氏的信，寄宿在别人家中，靠做清洁和照顾两个可憎的幼童换取一张床、一摊配香肠的泥糊——他们管这叫香肠佐薯泥，还有一周15英镑。在兰德家。最后我运气挺好的，他们得知我还未在警局登记时，甚至为我支付了3000比塞塔手续费。我和他们同住了多久？一年半？快两年了。我最后告辞离去，是因为我已经能够飞翔了，生存的刺激在等待着我。我比同来的高中同学忍受得久得多。我不想回到雅格瓦身边，更不想回到村里和我母亲生活——哥哥死后，她已经精神失常了。我在哈罗路的一家塞浦路斯饭店刷盘子、勺子、杯子、叉子和巨大的锅；在乐购超市偷菜豆罐头；为希思罗机场的咖啡馆做黄瓜金枪鱼三明治；印T恤；照顾了一个老肥婆三周，用手套和海绵给她洗澡；我在帕丁顿车站睡过一夜，把冲锋衣拉到最上面，戴着防风帽，钱藏在内衣里，把登山包当枕头；我在拉德布罗克丛林路的一家迪厅做过卫生间女孩，也就是管厕所的人——在那个破地方，我的主要任务与其说是清扫呕吐物和尿渍，还不如说是防止人们闩上门吸毒。"要是被他们发现的话，他们会把我赶到该死的大马路上，拜托，拜托。"我正是在那时候才知道滚开[1]这个词的完整含义。

我将贞操给了一个在富勒姆路的码头认识的男人，他比我大，很高，皮肤非常白皙，稀疏的长发盖在瘦骨嶙峋的脸上。我们在他的公寓度过了那个晚上和接下来的周末，两个人盖着花被子躺在狭窄的床上。卧室的门后挂着一件膝盖和手肘处加厚的连体皮衣，我猜他应该是骑摩托车的邮递员，但是我并不想问。我们都没说话，几乎没有。晚上下了一夜的雨，周六又间歇性地下，周日一整天都下着近乎紫色的微微细雨，伦敦的雨。我们醒来吃东西，喝一杯泰特利茶，听音乐，又重新在床上缩成一团或是做爱，听见连成线的雨水敲打着窗户。我仅仅是和他上床，没别的，就像厌烦流程的人那样。有一天早上我在做爱的间隙离开了，没有道别，在他借给我的睡衣上套了件我自己的衣服就走了。我凭着直觉走，寒冷刺骨，手指被冻到没有知觉，因为没有地铁的时候，我不知道还能怎么回家。我走啊走，走到了旺兹沃思的桥那里，在那上面停下来欣赏泰晤士河上的油渍被路灯投射出的彩虹，它是如此浓重，如同水银。就在那一刻，当雨水继续

1　原文为英文fuck off。

温柔地洒落在镜子般的河面上，我便知道我不想离开这座城市了。河，河，河……那时我并不明白潮汐的力量，也不懂得变幻的色彩。流水的中央，是带着藏红花色斑点的灰绿色；退潮时，是浑浊的、泥土状的褐色；桥下，是铅蓝色；日暮时，是墨水般浓稠的烟紫，近乎黑色。

但是那时我已经住在巴尔汉姆了，一个住满巴基斯坦人的南岸街区。在那里我被淹没在一间被刷成天蓝色的带洗手台的房间里。那是那套混乱的维多利亚式房子中最后一个未出租的房间。我到的时候已经变成了一只擅长隐蔽的猫，懂得悄无声息地避开群租房里的人，也懂得如何赖掉房租，为了抹去我几乎不可见的行踪而更换街区，从哈克尼到伊斯灵顿，从卡姆登到兰贝斯。我住的最高的房子是顶层阁楼，就在天花板下面，紧挨着一对尼日利亚情侣的房间。我和他们共用厕所、一个极小的厨房、炉灶、桌子和半个冰箱。每隔一段时间，我们就必须蹲着把一锅锅沸水倒进冰箱里，以去除结出的冰霜。房子的灵魂在楼梯上，一段段台阶通往一个个带有其他巢穴的楼梯平台，那里住着其他租客：行色匆匆的过客、领失业救济金的无业人士。住在楼下的邻居没有我们楼上享有的相对隐私，但是楼下做饭的厨房空间大，有更多暖气片，卫生间带有浴缸，他们总在特定的时间大喊大叫地排队。门厅的公用电话也一样要排队，电话上有个槽，可以在打电话时塞进去一英镑的硬币。我会在某些周六的夜晚11点整用这个电话，通过雅格瓦姨妈打听我妈在村里的情况，而那个老虎机一般饥渴急切的魔鬼破机器大口大口地吞着硬币，带着贲门疼痛时吃东西的贪婪。时间。距离。通话后不久又陷入了寂静。

住在巴尔汉姆房子里的生活因为尼日利亚人离去、莎丽入住了这个鸽子屋而走向正轨。我们两个马上就辨认出了对方，就像母狗间互相嗅出了气味。莎丽在苏豪区[1]一家夜店的吧台工作，就在迪恩街上，据说卡尔·马克思就是在同一条路上写下《资本论》的。我也在那儿找到了活儿干，他们让我做什么我就做什么，在厨房和仓库间奔走。你以前是怎样的，莎丽？那些在你生命中消失的人都去了哪里？大概两年前的样子，我给她母亲打过电话，是从伦敦一个公用电话间里唯一一台还保留着的电话打过去的。莎丽现在住在英格兰南面的韦茅斯[2]，住在海边，一套离市中心和港口都只有两步路的复式公寓里。那是一次简短但是紧张的对话。她母亲告诉我莎丽已经和一个律师结婚了，有一个12岁的漂亮女儿。"她过得很好。"哦，是的，她过得太好了。她不需要工作，丈夫赚得足够多，前一年他们在西班牙度了假。那个女人说话时无意间带着责怪的语气，好像是为了保护女儿不被她自己带坏，让她能不受过往的自己影响，不被我们的曾经影响。她不愿把莎丽的电话号码给我，也许是我不知道该怎样坚持。"你要知道，莎丽已经不是从前那个她了。"哦，莎丽·琼斯！当时你被对快感的渴望所支配，你还记得吗？厚颜无耻，骨瘦如柴，金发碧眼，纯粹的白人垃圾，是和我一样的白垃圾，和我有着一模一样的渴望，那渴望将我们吞噬。两只被光蒙蔽的夜蝴蝶，冲着火苗义无反顾地扑去。你幸福吗，莎丽？

1　伦敦西区的核心区域，紧邻繁华的商业街，为著名的休闲商区。
2　位于英格兰西南海岸的中心地带。

这就是你那时所梦想的生活吗？还有什么关系呢？我们这些过往的鬼魂只想着已经不再重要的事情。

　　随着我靠近河床，下面山峦的矮圣栎树密集了一些，在 200 米远处，已经可以望见一两棵白蜡树、一棵柳树了。山杨树簌簌低语。现在已经能分辨出芦苇塘和老工厂的土坯墙了，招牌上的瓷砖不是破了就是已经脱落。当我到达村子的时候，虽然瓷砖有些缺失，但仍可以猜出招牌上完整的名称，"卡雷尼奥遗孀。面粉工厂"。胡里安就是在这里，在这一段路上留下了他的路虎，当时钥匙还插在车上。工头迪奥尼西奥经法官同意后，在他自杀的两天后去领他的尸体，把他运回了拉斯布莱尼亚的大房子。肯定是双胞胎带着令人不快的神情让他去的，"您去找他吧，拜托了。"驾驶着死去情人的汽车，感受着他双手在方向盘上的痕迹和座椅上他熟悉的味道，该是多么沉重的打击。

　　"斑大！"

　　我的喊声在院子里回响。

　　"斑大！"我重复着，"是我，埃尔阿楚艾罗的安赫拉，马洛托家的。"

　　没有，除了干巴巴的狗吠声，我没有得到任何回答。

　　最深处的厂房，离磨上的漏斗最近的那个，窗户被封了起来，就好像被世界遗忘了好几个世纪一样。一层极细的薄膜覆盖在物品上，那已经不是飘浮的面粉粉末了，而是被遗弃的面纱。我闭着眼睛，试图在空气中辨认出我父亲曾经磨过的谷物，白色的面粉，那双像得了哮喘、鬼魂一般的狂热明亮的眼睛。我又朝着被围住的区域走了几步，不知道从哪个仓库开始找起。车库应该是他们以前用来停装货卡车的地方，在车库的支柱下面堆着薄木片箱，这些箱子被用来装水果、废铁、堆积的托盘、一辆暗红色福特福睿斯破损的底盘，还有一大堆垃圾袋。我走在遍布裂纹的水泥路面上，野草探出路的裂缝，谨慎地试探着，就好像有人进到了别人家去窥探。这丑八怪应该是把狗拴起来了，因为它继续吠着，却没有出来迎接我。斑大也没有，而且他不可能没有听见我的声音。

在门廊的后面，一间又扁又长的小屋子从左边映入眼帘，没有玻璃的窗户用纸板遮盖着。斑大应该是在这里做了自己的窝。一条潮湿的裤子挂在一根电线上。他至少有水，也时不时地洗衣服。福特车的后座被扔在靠墙的位置，减震泡沫和弹簧都敞在外面，靠墙扔着的还有一个卷起的百叶窗和一个被氧化了的涡轮洗衣机残骸。为了能不破坏结构，同时让这个破屋子有点热气，离入口两步路的地方放着一个工业用油的空桶，他应该是把这个桶用作外部的火炉了，而在脚边，就在桶边，有一圈篝火留下的烟灰。我进门后正要再喊他的名字时，看到一个拉长了的影子朝我走来，我的头上猛地受了一击，一片黑暗。

我睁开了一只眼睛，过了几秒才想起来身在何处。只有前额上绽着口子的刺痛些微地提醒了我发生了什么。我担心地摸了摸伤口。手指的指腹辨别出了长至脸颊的发热的肿起、干掉的血块和一块眉弓上还未结痂的擦伤。是哪个浑蛋把我打成这样的？他是用棍子打的？还是在抬起的手中藏了一块石头？我不知道自己在这张闻起来有老鼠味的垫子上躺了多久。我感觉到了冲锋衣和后背之间的潮湿。我的靴子还在脚上。我睁开右眼——难以想象哪怕只是半睁开左眼，需要使出多大的力气——根据透过窗户照进来的光线，下午的最后一道光线，计算时间过去了多久。他用旧抹布、发黄的泡沫塑料块和床垫的泡沫堵住墙的缝隙。从仓库——或者不管这他妈的是什么——虚掩着的门缝里，飘进来一缕缕浓烟，是劣柴的烟。闻起来有烤肉的味道。我撑着手肘起身，有些轻微的头晕，但是我觉得自己还好，除了太阳穴间歇性的刺痛和后颈的沉重感外，应该没受什么伤。虽然光线不够充足，但我还是隐约看见了墙上的钉子，那里被斑大用来挂刈麦的草帽、一件上衣和一件破旧的外套，旁边有一个柜子，里面放着不成套的盘子、杯子和其他器具，应该是村里人送他的。一个角落的地上散落着马铃薯，上面裹着一层灰，以防它们发芽。再过去，在另一头，就是他睡觉的窝。床是他自己搭的，下面放了四个塑料桶，桶上摆了两个托盘，在高处有一块破旧的草垫。他至少没让我躺在那堆破烂上面。过了多久了？从我来到现在有 4 个小时了？也许 6 个小时。

　　我起身，试探性地走到门边。就在门的旁边，我看到了一台旧发电机和三罐汽油。我把它们捡起来掂了掂分量。一滴汽油都没有，是空的。他应该不用的。墙上靠着一把钉耙，我把它抓在手里，以防万一。我试着不出声地把门打开，观察了一下：那个畜生就在那里，双腿张开坐在庭院里的一张塑料椅上，人字纹的粗毛呢大衣敞开着，母狗就躺在他的脚边。火光照亮了他脸庞上的皱纹，分发线两侧的白发一直垂到颌骨处，勾勒出他面庞的轮廓。他翻动着炭火，让三角炉架上下部分受热均衡。

"哎！你！"我从门缝里吼道，钉耙显眼地拿在手里，"你有水吗？"

我应该把他吓了一跳，因为他猛地颤了一下。母狗吠叫着向我靠近，但是停在了离门几米远的地方，腿向后蹲，做出马上要跳跃的样子。

"别动，古拉，别动！"斑大盯着我，用拨火棍指了指破洗衣机边上的两个凉水壶。我的上颚留有醋的余味。我喝了口水。是河水。组成身体的是水。我倒了一点水在左手心里，一半抹在后颈上，另一半泼在脸上降温。疼。母狗现在靠近我来嗅嗅我。我又喝了一大口水，感觉到那老头透过蒙上了雾的眼镜看我时那闪电般的目光。当我靠近火的时候，他赶紧起身，把满是污垢的椅子让给了我，一跛一跛地，像一只愤怒的苍鹭般走向了破屋子。我坐了下来，看着炭火。那里似乎正在烤着一只看上去像野兔幼崽的东西，兔子被对半劈开，用扭起来的铁丝支在一块床板的部件上烤着。春天的时候几乎可以徒手抓住兔子，刚出生的小兔子还没学会之字形逃跑，对路人十分温驯，一动不动地将两只耳朵贴着背脊缩成一团，相信静止不动的话，捕猎者就分不清它们皮毛的颜色和土地的棕褐色了。它们对自己的伪装太有自信了，所以宁可一动不动。就像我一样。

老头拿着一只铁桶、一条长面包，拎着我背包的皮把手从破屋子里出来。他什么也没说，就把背包放在了我的膝头。他坐在桶上，继续透过眼镜观察我。眼镜腿用橡皮膏加固过，他一直看着我，就好像想要和我坦白他知道袋子里都装着什么，说他把袋子翻了个遍，但是什么东西也没拿。这样我喜欢。我拿出了那两盒红酒，给自己留了一盒，另一盒递给了他。他疑惑地拿了过去，没有开口，目光有些呆滞。最终，我是用给他带去的红酒，拍他的马屁，给他润滑一下忍不住向我倾诉的舌头。

我在火炉边观察他。他把肉翻了个面，又把叉子放回了原处，一个盘子里，盘子放在一个倒着放的充当床头柜的水果箱上。他独处的习惯，他的动作展现出来的安全感让他没有说话的必要。他不知道该如何向我道歉。他应该很想告诉我他是为我才打了一只野兔，为我将它剥了皮，以在给我一记棍击后求得我的原谅，平复我的情绪，但是他沉默不语。我们两个都沉默不语。

黑色逐渐覆盖了田野。斑大用钳子递给我一块肉，放在面包片上。闻起来还好，但我是不会吃的，我从背包里拿出了一个苹果，在空气中晃了晃，让他知道我是不会吃肉的。苹果我也不想吃，我更想喝酒。我拔掉了红酒利乐包装 [1] 上的盖子，咕咚咕咚喝了一大口。他扯了一块肉，对于他这么糟糕的牙口来说，肉太难嚼了。过了一会儿，我说：

"怎么了，王八蛋？你以为你是谁？你以为有人进你的宫殿里来偷东西？"

---

1 西班牙的盒装红酒，一般品质欠佳，价格较为低廉。

他白鼬一般的嘴露出了笑容，他的嘴油光发亮的，他把手指在裤子上擦了擦，马上打开了他的酒，好像我油嘴滑舌的评论给了他喝酒的理由。你很想喝，对不对？他的白胡子和喉结随着嘴巴的夸张动作上上下下。他眼睛盯着炉火，含糊不清地说：

"我以为他们来找我了。要把我从这里带走。他们盯我很久了。"

他们多次试图带走他。村里流传说，在某一段时间里，他们试图说服他，让他离开这块废墟，放弃隐世的生活。在雅格瓦姨妈住的老人院里，他会被照顾得更好，不会少他一顿热饭。但是他知道自己会被关死的，规矩和漂白剂是他们唯一会给他的东西。神父不时地来看看他，带着米和虚假的慈善，社会救助机构的人以前来得很频繁，现在从省会过来一次比一次时间间隔更长。让他们都去死吧，斑大不需要同情。我恨同情。

炭火已经快燃尽了，尖尖的弯月像镰刀的刀刃，几乎照不出工厂的影子。母狗咬着老头给它扔的小骨头，玩得开心。它是上尉唯一存活的女儿。这条老杂种狗曾经跑了，两个月后，当我们以为它肯定丢了的时候，它大着肚子回来了。它颤抖着，在无花果树下筋疲力竭地生下了它瘦弱的后代。它用嘴把生下来就是死胎的雄性幼崽扒出窝，我的母亲把它们从旁边拿走，以免它们被它吃掉。我的上尉并没有母性本能，我也没有。母亲说我们有上尉和猎兔犬就已经足够了，虽然她一直努力送走小狗，但是村里没有人要母狗，因为给它们绝育太费工夫了。只有老斑大同意留下这只。为了不让我看见，另两只被我母亲遮好，装在柳条篮子里带走了，但是我知道。她把它们淹死在了河里。我恨她。我哭了整整三天，我睡在库房里，离她远远的。

"你说你给它取了什么名字？"

"古拉。"斑大抚摸着它的后背回答我。

"来，古拉，大美女[1]。"当听到外人叫它的名字时，它竖起了耳朵，闻闻我伸过去的手，歪了歪头，但是寸步也没有离开它主人的脚边。

"它很胆小，这个傻瓜。"老头说。

上尉也不信任陌生人，我这样想着，但是没有说。我望着头顶的天空，一层牛奶般的薄纱云通常预示着暴风雨的来临，但是我们已经不再相信了。从今年年初起几乎没下过一滴雨。在山中，3月底的夜晚依旧寒冷，老头好像凭直觉知道我很冷，起身在桶里点燃了篝火。

斑大很害怕。他甚至对我有所疑虑。我从他紧张的动作中感觉了出来，从他将一块块纸板、木板，从矮圣栎木树林捡来的碎木柴和我们脚边快要燃尽的火堆中最后一些生木头扔进油桶时抽筋的姿势看出来了。篝火在四溅的火花中燃起，扬起了一股斑大的尿骚臭，让我额上的伤口又火热起来，逼得我只能离火炉更远一些。斑大又回桶上坐着了，抓着他的酒盒。火焰使我着迷。绿色的光芒、紫色的火花跳动着，湖绿、苔藓绿、矮牵牛紫、工作室潮湿的灰色，我喜欢给颜色取名，那些尼格尔让我调的颜色。

1　原文Curra，意为美女。

我调出这些颜色，画出他背后的颜色。骨黑色、墨蓝色、血橙色。斑大也在静默中欣赏伸展的火焰。夜很长。

老头急躁地喝着酒，不时斜眼偷偷看我。我希望酒精能减少不信任感。酒总是走同样的路线。先轻微地挠挠脚，让人迈开步子，随后爬升至胃，在这里停留许久，直至酒精挥发上头，最后停留在舌上，在那儿变成毒药让人死亡。和尼格尔生活时，我最害怕的就是酒。我们喝很多酒。我们喜欢喝酒，虽然威士忌对他画画没有好处。

"你没认出我来，对不对？"

斑大甚至都没有看我。为了讨好他，我继续说道：

"你别担心，我不会和任何人说你用棍子打了我。这事已经过去了。"

"连神父也不告诉？"老头吐了口痰，在桶上扭来扭去。

那家伙咧开他胡须间的大嘴笑了。我知道他脑海中闪过了村里的流言蜚语，神父到埃尔阿楚艾罗来与我寻欢作乐。但我没说话，我不想偏离主题。

"连神父也不告诉。你别担心。"

他对我的害怕，对给我那一棍的害怕，比不上对胡里安先生的自杀及他自杀后果的害怕。很久以前，磨坊的主人去马德里后磨坊就关闭了，它所在的土地归胡里安先生所有，但他对磨坊的事情和对其他许多事情一样，都睁一只眼闭一只眼。人们甚至说斑大这个糟老头帮他管管河和葡萄园挺好的。时间渐渐腐蚀着他那豆腐渣工程，不久以后，可能就在下一个冬天，老头就该把他栖身的仓库的屋顶支起来，野草会把建筑的其他部分，把那些破破烂烂的石头都吞噬掉，就好像什么都没有发生过，好像磨坊从未存在过。

"你在这里住了多久？"我问。

老头惊讶地缩了缩肩膀，轻蔑地看着我，好似被我的不当言辞冒犯了。

"很多很多年了，我没算过。"他说，"我都不知道自己多少岁了，大概 80 岁吧。"

我摸索着去够帆布口袋里的烟，拿出了卷烟纸簿，当我正准备卷烟的时候，斑大说：

"我知道很多大房子的事情，很多哈尔东家的事情。很多。"

我喜欢这样，乖乖。你不会从我手里溜走。你会把一切的沉默都和盘托出。

"我知道。所以我才来这儿。"

我说这话时温顺的声音几乎让人感到陌生。我给他递去香烟和打火机，他用一种冷漠的动作将它们从我的手指间抢了过去，因为他不知道这样做的其他方式。他深吸了一口烟。看着炭火。把烟吐向左肩后面，好像在驱赶恶魔。快说，死老头子，说吧。我要把你生吞活剥了，杀得你片甲不留。

当战争把山峦分成了两半，谁也不知道每个人身在何处，然后，当一些人藏身山中时，人们带着一只母鸡或者其他肉来到埃尔阿楚艾罗，来向艾梅特利亚询问。她有时能通过解读盆中水的水面找到答案。

我假装对我刚听到的事情不感兴趣，继续抓烟丝来卷我的烟。

"他们跟你撒谎了，姑娘。你什么都不知道。"

很好，斑大，非常好。我们已经来到了我想到的地方。来到了起点。

"我来是为了让你告诉我真相。"

"真相？你得给我点小费。钞票，钞票。"

"我一分钱都没有，我的钱只够过日子。但是酒不会少你的。"

斑大扭过脖子，惊讶地看了我一眼，然后又陷入了沉默。我又开始小心试探了，屏住呼吸，我继续说：

"我是有几个夏天来村里时认识她的，但是几乎不记得她。她死的时候我还很小。我母亲说她疯了。"

"大家都想让艾梅特利亚疯，这不是一回事。"斑大说得如此确信，我相信他。

"大家？大家指的是谁？"

乌龟又缩进了壳里。我吸了两三口烟，不知该说什么。那是我被棒击后的第一根烟，让我有一点恶心。我不知道该怎么引导谈话，不知道该怎么引他入圈又不吓着他，或让他不过多看透我。

"我见过你艾梅特利亚姑妈的裸体，"他笑着说，没有看我，"她的乳房很好看，是能用一只手握住的那种。"

他调转了话题。他拒绝我钻进他的脑中，拿走属于我的东西。我说：

"他们真的把她拴在床头的栏杆上吗？"

糟糕，安吉，这一步走得太糟了。小心点说话，说之前先掂量一下，培养一下你的耐心，而不是一上来就直奔主题。什么都没有。一片寂静。他什么都没说。他用一根烧焦了的木头拨了下火，又往拨旺了的桶里加了点碎柴。当我开始觉得我的试探宣告失败时，老头突然苦笑了一下，说道：

"拴着她？我现在相信了。他们用绳索和拴马的皮带把她拴在床上，让她不能跑去和太太的儿子鬼混，他们两个快着魔了。就是那个跳井自杀的太太。"

斑大又匆忙喝了口酒，脱口而出：

"那你呢？你也喜欢做那事儿吗？"

我没说话，假装没有听到他的挑逗。突然间，我看见自己跨坐在尼格尔阴茎上的样子，被快感吞没，脸上满是幸福的泪水，因为灵与肉的结合而快乐的泪水。起初我们可以整天整天地关在工作室里，不在乎时间，从床到厨房，身体都不曾枯竭。我知道，如果我集中精神的话，便可以重新嗅到他身体的气味，甚至他口水的味道。他比我大13岁，那时我俩都很年轻。"你是纯粹的性。"那些日子世界停止了，我们靠着茶和白煮蛋过日子。那些日子我们可笑地注视着对方的眼睛，在爱、摆姿势和绘画之间不作区分。我学会了做模特。他将我从肌肉的耗竭中，从排尿的欲望中，从鼻尖的瘙痒中抽离出来。我不动。有时我变成了石头，有时又变成了海绵。尼格尔在墙上摆满了我身体片段的炭笔素描：我的足弓、臀部、脊柱的凸起、胸部傲人的曲线。眼睛也是。"你的眼中有那么多孤独。"我明白，做他的模特意味着纪律和服从，与他共同生活也是。我不在乎感到自己不再是一个独立的、与他不同的个体。我全身心地投入摆造型，而他允许我进入他头脑中最黑暗的角落。我是唯一一个，走得最远的那个女人。可能我还能走得更远，但是，你怎么能够将自己劈成两半，以和你爱的那个人融合呢？我是激情，是燃烧后留下的灰烬。"安吉，安吉，他们不能说我们从来没有试过。"哦，是的，我们当然试过。

斑大的声音将我从伦敦拉了回来，那是我青春中最好的时光。他说：

"你艾梅特利亚奶奶爱疯了那个淹死的女人的儿子。"

奶奶？我不知道他在说什么。我纠正他。

"你说的是我姑妈吧？艾梅特利亚姑妈是我父亲的姐姐，马洛托家唯一的女儿。"

"那是他们编出来糊弄我们的故事。"

斑大盯着我看，好像目光要将我穿透那样，现在已经没有疑虑了，他醉酒的声音对他说的真相十分肯定。酒发挥作用了。

"大家都撒谎了，你们家的人和哈尔东家的人，虽然他们互相憎恨，但是竟如同结盟一般地撒了谎，"他说，"但是我看见他们了，不止一次两次，看见你艾梅特利亚奶奶和淹死的太太的儿子。卡西亚诺少爷，他们这么叫他。我看见他们在河里做，总是偷偷摸摸地做，直到这件事在短工间传了开来，他们不得不跑到牲畜棚或拉翁多纳达的庄园去办事。你奶奶被他们从大房子里赶了出来。"

故事继续着，里面出现的名字盘根错节，我听都没有听说过，有一连串的省略和意外死亡，我想一边吸收故事情节一边将它们整理排序，试图从那些明显的前后矛盾中寻找逻辑，就像一边砌墙，一边搅拌水泥。我早就知道我家为艾梅特利亚去拉斯布莱尼亚做下人而脸红，倒不是因为突如其来的贫穷——贫穷是可以习惯的——而是因为她要为用了几分钱就把埃尔阿楚艾罗的土地生生夺走的人埋头苦干。我母亲编织着她从村里听来的那些故事，用一种极其疏离的语气讲述着，好像那本就不属于她，好像在讲鬼故事，虽然毛骨悚然，但是知道自己并无危险。我曾经想象过艾梅特利亚穿过哈尔东家的土地，踩着和我来到磨坊时脚下一样的田野和圣栎木林，穿着厚厚的紧紧包裹着身体的用人服，独自在夜晚行走，也许谦卑，但无所畏惧。斑大信誓旦旦地说，至少有三次，他带着胡里安先生的父亲——卡西亚诺少爷的口信，来到埃尔阿楚艾罗。第一次他表明来意，走的是正门，但是艾梅特利亚的兄弟们推搡着把他赶出了家门。他不记得他们中的哪一个，是阿尼塞多还是保林诺用猎枪在空中开了好几枪，让恐惧在麦田间，在岩蔷薇丛间，在更远的山峦小径间回响。有一次，正当采摘橄榄果的季节，他在磨坊的水槽中埋伏多时，身上被霜打湿，直到冬日发白的太阳升至高空，艾梅特利亚的母亲何塞法带着给男人们的午饭去往干活的地方，他这才翻过畜栏的墙头，溜进了房子里。斑大说他口里念叨着艾梅特利亚的名字，穿过门厅，爬上楼梯，一个一个房间地进去寻找，直到找到她的房间，看见她被拴在床上。

"我做了少爷让我做的事情：弄断了皮带，让艾梅特利亚逃走。"

在家族的记忆里，艾梅特利亚是那个老处女姑妈，在寂静和熏香中闭门不出，是不食人间烟火的呆板的姐妹，困在逝者的世界里。但是在斑大的版本中，艾梅特利亚回到了家中，回到了我现在住的房子里，继续和溺死者的儿子卡西亚诺·哈尔东见面。正是卡西亚诺少爷弄大了她的肚子。

"艾梅特利亚在埃尔阿楚艾罗偷偷生下了一个儿子。那个孩子就是你的父亲。"他斩钉截铁地说。

斑大一直说着，似乎被火焰和红酒下了盅，并无嘲讽也没有停顿，好像我没听到他说艾梅特利亚在她的床上产下了我的父亲，就是我现在睡觉的那张床，没有产婆也没有兽医，只有她的母亲帮忙，因为她是家里唯一的女人。孩子一生下来，他们就逼着她讨厌他，就好像讨厌一只病恹恹的小羊羔，这样一来就没有人能有勇气混淆事实，甚至连我们家的人都没有。是艾梅特利亚的母亲，也就是我们家里说的何塞法奶奶，最努力地编造真相：我的父亲，她的外孙，是她五十多岁时生下的骨肉，一个生不逢时的儿子，一个在那时起就要成为艾梅特利亚和她其他两个儿子的小弟弟的孩子。这是她为了掩盖耻辱而向村里讲述的版本。

"那何塞法是怎么假装怀孕的？"

"就这样，在腰上塞了团东西。然后她就关在家里等待她的女儿艾梅特利亚生产。她跟村里的婆娘们说，她一把年纪了，差点就因为田间劳作太劳累而丢了孩子。"

时间会让编造的故事沉淀下来。

"大家都知道你们家的女人很风骚。"他说。

我不中他的圈套，不想让他偏离主题。我反驳道：

"你在撒谎。"

斑大笑了。他回答说他不需要证明自己，他到处打探消息，打听各种八卦消息和别人的谈话，没人在乎他的存在，因为大家都觉得他是傻子，是村里的笨蛋，是废物，是育婴堂长大的孩子，一开始在拉斯布莱尼亚养猪，后来干些短工的活，最后被酒精败坏了。

一个突然的停顿。现在只听见篝火的噼啪声，和在远处的、在装着齿状玻璃的土坯墙和一直延伸到河边的山杨树之间的猫头鹰的悲鸣。

"你真名叫什么？"我问他。

"费尔明·艾斯波西多·艾斯波西多，为您效劳。"他笑着回答。好像他的讲述是对所有人的一个小小复仇，对哈尔东家的，对整个村子的，对我的，因为我想知道的太多了。

"也就是说溺死的那个女人的儿子让我姑妈艾梅特利亚怀孕了。"

"你说的应该是你的奶奶。"

"如果说少爷搞大了她的肚子的话，那我的父亲和胡里安就是半个兄弟了。同父异母的兄弟。"

"就是这样。"

我要等到天亮。我已经没有力气再一次在黑暗中迈步，摸索小径的入口了。虽然我也不能再一次躺在那张床垫上，甚至都不会在这张椅子上就地打个瞌睡，我已精疲力竭，分成了两半，一半在思考，另一半低声问道：

"我怎么知道你说的是事实？"

艾梅特利亚的亡魂

我没有疯。

我的脑子像皮鼓面一样紧绷着，但是我没有疯。我也没喝醉，昨天喝的量正好。当发生该发生的事情时，我已经清醒了。我睡得很少，断断续续地，因为从磨坊回来时已精疲力竭，我甚至比平时睡得更早，在某一刻我应该是陷入了昏睡的深渊，虽然额头上的瘀青与枕头的摩擦让我不舒服。大概早晨4点的时候我便无法睡着了，也不想再次尝试入睡。我下楼，用剩下的一些火炭点燃了炉火，欣赏着火焰的美，时不时读一会儿神父的书——他借给我的最后一本书——等待着天明。神父仔细地用铅笔和尺子在句子下画线，以此袒露自己的内心。他想告诉我什么吗？我读道："她说他咬着她的脚，告诉她就像烤箱里的金色面包。说她蜷成一团睡着，缩在他的怀里，感觉到自己的皮肉绽开，就像犁沟因为炽热的钉子而裂开，她因此迷失在乌有中。"另一段："有些村庄带着不幸的味道。他只要吸入一点它老旧、寒冷、贫瘠、瘦削的空气便知道了，就像所有老东西的味道。"听到了我的响动，老上尉跟着我来到了厨房，在我旁边，在沙发和火炉间躺下了。布鲁托一般睡在外面，在棚屋里。

由于无法集中精神读书，我把书放在烟囱的隔板上，又坐了下来，闭上了眼睛。我的脑海中马上浮现出我的父亲，我们最后一起生活的幸福时光中微笑的父亲。那是一个周日。一个2月的寒冷早晨，阳光明媚，天空很蓝。他提议走路去巴洛塔的城堡，就我们俩。我觉得这个主意太棒了。我的母亲没有反对，也没有坚持让我们准时回来吃午饭。我们在路上买了油条。因为在上陡坡时父亲呼吸有些困难，我们只能时不时停下来，让父亲能缓过气来。我们俩都不介意。我们不着急。我们两个很少有机会在外面手拉着手走路。虽然他已经被厂里辞退了，但是他的手还是像砂砾般粗糙。我喜欢他的手。他拿着一只草编袋，我们用来去合作商店买东西的那只，袋子应该很沉，但他紧抓着袋子，不让我帮忙。"里面装着什么？"我问他。"我们要埋起来的一个宝藏。"他说。我不相信他，但是我觉得很好笑，于是陪他继续玩这个游戏。我们在山的最高处选了一棵灌木，就在高压电塔附近，把袋子里的东西埋在它的脚边，埋在一个我们用两个汤勺和工程铲挖的洞里。我们的游戏似乎没有激起任何路人的兴趣。父亲拿出三个用垃圾袋包得很好的包裹，把它们塞进了洞里。"那里面有什么？""你别问那么多，注意观察，这样当我们回来把它们挖出来的时候就能想起来了。"他说，"我们到家的时候，你，你会画画，给我画一个藏宝图吧，我们的藏宝图。"

就在那个时刻，当我努力回忆父亲准确的语句时，我开始感觉到家里有一种奇怪的震颤。接下来发生的事并没有让我感到害怕。我不是胆小的人。我从小就学会了和逝者共处，也会像我母亲教我的那样，在亡灵节的夜晚为亡灵们放上蝴蝶般的油蜡烛，好似每只蝴蝶都在火焰中飞舞，所以不能说我惊恐万状，但是震颤还在。我还是一动不动地，满怀期待。也许是因为我回忆了父亲，以这样鲜活的方式召唤他，所以把它召来了。我感觉到的它是厨房里的一阵颤动，起初浓缩成一道微弱的光芒，只是通往房间的楼梯口的一道轮廓，就好似刚刚走下最后几级台阶。狗也应该觉察到了它的存在，因为它压低嗓子吼了一声，把耳朵竖了起来，它的耳朵还留存着一些好奇。我抚摸了它一下。它背脊上的毛竖了起来，肌肉紧绷着，随时准备逃跑，但是感觉到我的触摸后，感觉到我拍它以后，它似乎平静了下来。慢慢地，暗淡的轮廓凝聚成了一个戴孝的女人，眼圈发黑，白发被梳成后颈上的发髻。我好像是透过一面磨砂玻璃看着她，她就像被浸在胶状物里，但是我可以辨别出她的面容，她严肃愁苦的表情。

我立刻明白了，艾梅特利亚的亡魂来拜访我了，如果说她曾经离开过埃尔阿楚艾罗的话。她不用开口说话。她告诉我，在那里，在另一个世界，一切都按部就班，但是焦虑让她无法安息。她没有真的说出焦虑、不安或者不适这样的词，但这就是她想传达的意思。逝者并不需要发出声音来让人理解自己。

她从最早的事开始讲，从腐坏的种子开始说起，从胡里安少爷的奶奶开始说起，那是一切结果的本源。艾梅特利亚看见人们怎样把淹死的太太从井中拉出来，怎样把她浸湿的尸体放在大胡桃木桌上。当拉斯布莱尼亚的用人问为什么她把绳子挂在井栏上，她回答了死者向她传达的意思：为了防止灵魂因为找不到出口而绝望。太太在去寻死之前，还小心地保留了方济会的习惯，将毛呢袖子摆成十字摊开在床上。哈尔东家的人很懂得随机应变地粉饰太平，艾梅特利亚确信地说，他们甚至都不需要主教的特许就庄重地将夫人下了葬，就像什么都没有发生过那样，好像夫人就是在床上因病离世或者难产而死的。上尉在我的双腿间颤抖，我甚至都听不到它的喘气声。

我做好了将她显灵时的讲述——或不管那是什么——一个片段一个片段地拼凑起来的准备，但是艾梅特利亚的故事浑然一体，没有迟疑也没有兜圈子，按照时间线精确展开，着急地陈述真相。在女主人自杀后，庄园的生活恢复了往昔的节奏，不久，哈尔东家的鳏夫就又与一个外乡女人结了婚，那女人并没有为他留下子嗣。艾梅特利亚继续在拉斯布莱尼亚做用人，用烧碱肥皂洗床单，熨烫桌布和双胞胎姐妹的欧根纱长裙，一年只在圣诞节和橄榄季的最后几天才回家几天，不知不觉就年满17岁了。

卡西亚诺少爷并没有强迫她。村里的闲言碎语都是谎话。艾梅特利亚和卡西亚诺少爷都知道他们这是在违背事物的自然规律，知道他们迟早会被发现。尽管如此，他们还是不能放弃对彼此的追寻，就像野猪一样，两人的气息缠绕在一起。那并不是爱，也不是温柔，而是一种贪婪的热望，想要在欲望耗尽之前将其压榨干净。这种渴望撩拨着他们。虽然她被赶出了拉斯布莱尼亚，但是在庄园的一个小伙子的帮助下——我想到了那个和斑大一起度过的不眠夜晚——她又见到了卡西亚诺，直到有一次幽会，少爷没有出现在牲口棚的草屋中，从那以后也再没有来过。那正好是她告诉他自己怀孕后的第一次约会，当时她飞奔着走过小径，甚至都未察觉黑莓树丛在她腿上划出了口子。哈尔东家的人将他软禁在马德里，而他也任由他们摆布。艾梅特利亚想要清楚地向我阐明，让我谨记：是卡西亚诺少爷，胡里安先生的父亲，而不是其他人，在她肚子里种下了我父亲的种子，加布里埃尔·马洛托是他的亲骨肉，但是他们逼她撒谎，逼她把他当成自己的弟弟，以此来掩盖耻辱。

她继续不开口地讲述着。不久战争的灾难就到来了。战争滋生的暴力残害了艾梅特利亚的两个兄弟，那两个真正的兄弟：大哥阿尼塞多在前线战死了，保林诺则带着一群人移居山间，到现在也没人清楚同他一起去的到底有哪些人。灰鸦尤西比奥·阿奎莱拉和他的弟弟、敲钟人马丁·贝穆德斯、角鸮叔叔、哈洛德等等这些人，一共有10个村里和山谷周边村落的短工，10个人组成了由残手迭戈·阿尤拉领导的饿死鬼小队。他们让艾梅特利亚抵罪，剃光了她的头发，让她在村里游街示众，以此让她吐出她所知道的事情。她一个字也没说。在艾尔萨洛布拉尔国民警卫队的军营里曾发生过凌辱。我想告诉她，当我们去那里报警时我感觉到了颤动，但是最后我没有作声，因为我不想打断她的讲述。

这支小队中的大多数人熬过了两年漫长的逃亡。最后的冬天，他们在拉翁多纳达的庄园里构筑了防御工事。有一次艾梅特利亚从村里走了 6 个小时难行的路，手帕里包着一把萤火虫，以免在夜晚的山间迷路，给在那儿的他们带去了一袋鹰嘴豆和几条毯子。正当大家闲极无聊，放松了警惕，讨论是不是该撤走营地时，在 2 月一个严寒似刀锋般冷冽的早晨，他们被包围了。包围者想给他们点颜色看看，围住了庄园的外围，从稻草垛的杆子到从前的耕地。包围者像猎狗一样嚎叫，以此威慑他们。而里面的人也没胆怯逃跑。他们向院门扔了两包炸药，紧接着机关枪几阵扫射，子弹打在了石墙上、柏树的树干上、钉在以前仆役房窗户的木板上。里面传来了叫声。在第一次袭击中，角鸮叔叔倒下了。其他人用斯塔牌手枪和突击步枪反击，继续坚持了半个小时。虽然最后他们放下了武器，却并没有被施以同情：每个人的头都被子弹打穿，头领的尸体受到了凌辱。迭戈·阿尤拉、残臂人和艾梅特利亚的弟弟保林诺的眼睛被开山刀挖了出来，舌头和阴囊都被割掉。然后，攻击者拉着死尸的脚，将尸体拖到庄园的院子里，把他们堆成一堆，淋上煤油，放了把火烧了。当袭击开始的时候，其中的一个游击队员正好在厕所里，他匍匐着爬到猪圈的食槽中躲了起来，得以逃过一劫。他步行穿过山峦走到了埃尔阿楚艾罗，告诉大家发生了什么。第二天，艾梅特利亚、他的父亲、玛努埃尔爷爷和角鸮叔叔的一个侄子带着三头骡子，又一次穿过山峦，去那儿就地埋葬烧焦的尸体。没人帮助他们。没人想知道这件事。甚至没人记得那些人曾经存在过。他们逃亡 10 天后，求援信出现在艾尔奥尔维哈尔的悬崖中，被子弹打得伤痕累累。

艾梅特利亚和卡西亚诺，我父亲的父亲，在拉翁多纳达大屠杀发生的30年后又见了唯一的一面。她从湿地边的房子附近摘完洋蓟回来，而他正开着车经过一条通往拉斯布莱尼亚的小径。卡西亚诺开得很慢，甚至都没有扬起路上的尘土，并且做出了停下来的样子。但是当艾梅特利亚挑衅地盯着他的眼睛时，他避开了目光，又重新上路了。最后一次见面过后没几天，卡西亚诺吊死在了马棚的横梁上：他不能再继续忍受自己假装无视的罪恶感了。捣毁了那些人在山里的藏身处的不是他，但他知道是他父亲连同地方权贵和原本让他们栖身的庄园主谋划的方案。卡西亚诺也知道他们向国民警卫队告密了，然而他什么都没做。与其说艾梅特利亚责怪他对于游击小队心存的侥幸报以沉默——她直觉知道保林诺迟早会像一只成熟的无花果那样裂开死亡——还不如说怪他未去牲口棚赴约，并且将怀有身孕的她抛弃。

艾梅特利亚也提醒我保持警觉，让我小心，让我懂得反抗。我问她小心什么，反抗什么，我想知道她为什么来看我，却发现只有自己一人在大声说话。艾梅特利亚的鬼魂正是在那时消失的，身后留下了一丝烟囱冷烟的味道。如果说她花了很久才显迹的话，她的消失却是迅疾的，几乎是突然的，一道闪光、一道自我毁灭的无形电流。她靠近我，一股极大的力量施加在我的手腕上，就好像是用最后的哀求紧紧抓着我的脉搏。上尉不再颤抖了。

我知道我奶奶艾梅特利亚的灵魂说出了唯一的真相，也知道她不会再现形了，但是她并没有离开。她的、她兄弟的、她父母的和她父母的父母的灵魂，都没有离开。我父母的灵魂及他们那半假的真相也没有离去。他们到底知道什么？向我隐瞒了多少？他们知道对于哈尔东家人的仇恨不只源于地界冲突吗？我想着我的父亲，仍旧感觉到他并不在这里，他迷失了方向。我一点也不了解那个曾经和我住在同一间房子里的小男孩。他曾是一个快乐的孩子吗？抑或内向，并且有些许残忍？他会玩壁虎吗？他会观察当壁虎的尾巴被砍掉后，它是怎样继续摆动，迷茫地寻找身体的其他部分的？难道他知道真相，知道自己是自己所谓姐姐的儿子？他们告诉他了吗？他自己发现了吗？他知道自己带着哈尔东家的黑色种子吗？任何秘密，不管有多么黑暗，在时间的长河中终会离开包裹着它的淤泥，得以显现。

仇恨不仅仅是因为土地，因为过路权，因为拉斯布莱尼亚的工头总是拒绝结算我父亲的日工资。现在我明白，这种仇恨也是由血、肉、骨头和迷恋所构成的。哈尔东家和马洛托家是用同一种泥捏就的，混杂在一种或者杀人、或者自尽的血统里。到什么程度？难道我父亲知道卡西亚诺——他真正的父亲——在六十几岁上吊自杀了？他应该知道些什么。我能想象那个场景，在某一个遥远的夏天，当我们从巴塞罗那去村子里的时候，小酒馆的人们围成一圈，七嘴八舌地聊天。"是钉掌匠第一个发现他的。""他们说他尿裤子了，卡西亚诺少爷，而且被解下来的时候都僵了。"一杯波尔多红酒，紧接着又添了一杯，用酒将记忆灌饱。"哎，你，马洛托！你什么都不说吗？"一阵哄堂大笑，这是一种用刻薄作为防御的集体行为。我父亲梦游般地往家走，走在荒无人烟的马约尔街上，在灼热的石灰路上，根据投射在通往埃尔阿楚艾罗路上的影子估算时间。因此他逃到山间的孤寂中去了，因此想要离开这里，逃离这无形的雾气。

我刚浇过园子。在艾梅特利亚现身后，我从外部审视了这栋房子，这栋救了我命的房子。我坐在工具屋旁的石凳上，用一个外人的眼光看着院里的桌子、李子树、铁栅门、沿着铁丝攀缘而覆盖了入口处的葡萄藤、井架和两个蓄水池。葡萄藤很老了，它只产不成熟的青涩葡萄，只有黄蜂和我敢小尝一口，但是它在这里找到了伸展枝杈的天地，当夏天来临的时候，它那知恩图报的树荫一直延伸到洗衣池那里。我也把这房子当作我的藏身处，我这样爱着它，爱着它的伤疤，爱着石灰墙上斑驳的墙灰、房间的漏水处，爱着从电线杆偷电的灯。我几乎与什么人都没有联系，我也不害怕孤单：我死去的先人们与我为伴。

一只椋鸟从屋顶的一个小洞突然飞起。灯光溢满了干涸的荒地，在刺菜蓟的花头和狂乱的燕麦茎秆上激起了一片片炽热。甚至连圣栎木和小径边的植物都被微风吹起了波浪。太阳现在是一个桃子，作为山峦剪影背景的天空则是一片橙色、红色和紫色的混杂。光线、光线、光线的秘密……尼格尔能够区分周三和周日的光线。他说在伦敦，画画的最佳时间是清晨。哪怕我们前一晚是喝醉了睡下的，他也会在早晨 6 点起床工作。他有着马夫的坚韧体格和屠夫的手。

我认识他纯粹是因为一些偶然、任性和无意因素的集合，那时莎丽除了和我一起在一家夜店干活，还在圣马丁学院做裸体模特赚外快。10 月的一个下午，在教师和学生涌动的人群中，我在大厅里等她，读着通告栏里的广告来打发时间，注意到了一个叫作尼格尔·谭尔的画家在为他的个人研究寻找一名深色头发的模特，一名 20 至 30 岁的女性。"那你当然要去了，别傻了。最糟糕的时候就是脱衣服的时候，当你把内裤和胸罩脱下来后就没什么了。保持不动的秘诀是想你自己的事情。"躺下，莎丽。她很喜欢这首歌，她说那是埃里克·克莱普顿为她而作的。那时候我不穿胸罩。

当我第一次到达工作室门口的时候，我再次掏出大衣口袋里的小纸片看了看，就像我母亲去她打扫卫生的房子时那样，来确认一下地址，虽然我已经烂熟于心：克切内尔街 7 号。尼格尔当时住在博蒙塞区，在钟楼的后面。在那里泰晤士河开始描绘它的舌形弯曲，河水更深，港口的码头从这里开始，船坞一片衰败。从火车站到他家一路的景色我也熟记在心：老旧的棚子，海鸥聒噪的叫声，它们俯冲入水中寻找食物，海水拍打着堤岸上的绿泥，被贪婪摧毁的街区中徒劳抵抗的风，肉桂和胡椒的味道，扁平乏味的红砖楼房，与其说是工作室，倒不如说更像机械车间，金属门正如电话那头告知我的那样："我会将门虚掩着，门铃坏了。"进去时我并不知道自己已在他的掌控之下，就像一只被催眠了的野兔。

尼格尔应该察觉到他正在等待的来访者到了，但他没有动，连视线都懒得从画布上挪开。他继续工作着，就好像我是隐形的一样。那时的我确实是这样。他的手虽然很大，但是在从天窗懒洋洋洒落下来的阳光下，在一盏台灯补偿灯光的映照下，用一种优雅的精致握着画笔划过画布。在屏风后，工作室的居住区似乎没有那么杂乱无章了。在旁边，是一张画桌，堆满了书、照片和一个装着吃剩下的烤鸡的盘子，一个上了釉的猫脚浴缸，丢了一地的报纸和一个被用来调色的新平底锅，一大袋水泥工用的沙子，干的画笔和刷子，一只沾满颜料的袜子，海绵，球拍，刀，用了一半的温莎牛顿颜料，丙烯酸气溶胶，空的弗莱本托斯牌肉丸罐头，一个大理石研钵，一个吹风机，一个辐条破损的自行车轮子。虽然我是在后面的日子里才记下了这些混乱的具体细节，但是我注意到了背景墙上用红色笔墨写着的一句话："做艺术家就是失败于他人所不敢的失败。"那次的到访有一股溶剂的味道，但是我并不反感。我不知道他过了多久才回过头，但是在我的记忆中有无限长。我清了清嗓子。当他最终回头的时候，当他看我的时候，我们之间有一种无法解释的奇怪的吸引。"你是因为广告过来的，我猜。"他这样说道，然后在一小块灯芯绒的布上擦干了手，从板凳上起身，进了相邻的像是厨房的一个房间。他很快拿着两只质地很好的玻璃杯和一瓶葡萄酒回来了，一瓶法国红酒，名字我记不清了。他为我们两人倒了酒，啜了一小口，尝了尝，把酒杯抬到头上方几厘米处，让台灯的灯光投射在杯中。"这个红酒……你走近来看，多美的红色……伦勃朗式的。"他避免正面看我，轻轻地把酒杯倒向一边，又倒向另一边，观察玻璃上的挂壁，一边嘟囔着那时我还不懂得分辨的色彩：深红、石榴红、威尼斯红、赭红、赤红、泥灰岩红、紫红、铁锈红、洋红、波斯朱砂红、绯红。他还没问我的名字。"欢迎来到我的尘土帝国。"他说，"我的垃圾帝国。"

第一次、第二次和第三次，他都没让我脱光，是在第四次，我鼓起勇气向他问起墙上的那句话。他回答，那是塞缪尔·贝克特说的。也是在那一次，我学到了松节油能让人产生快感，与吸木工胶的感觉完全不同。我赤裸着，但是他没有碰我。他第五次才碰的我。当我进去的时候，他在炉子上放了烧水壶和其他烧水的锅，在等着水开的时候，他给我泡了杯茶。他一直忍不住看着我。当我准备好的时候，他让我走进浴缸，坐在我面前的凳子上，往我身上浇温水，撒上花枝，蓝色的鸢尾和白色的剑兰。我记得烧水壶发出的口哨声和炭笔在纸上发出的簌簌声。然后他就在那里和我做爱，就在报纸上，又湿又冷。那时我甚至都不知道奥菲莉娅是哈姆雷特王子的未婚妻，也不知道她最后疯了。我也不知道她淹死在了溪流中。

　　六个月以后，我们同居了，我也已经知道该以怎样的比例调色，准确画出我皮肤的色调，银白、象牙黑、自然赭。我们变成了两个被肉体支配的食肉族，被性操控，直至衰落，那是当时唯一安全的地方。

　　.

　　狗的叫声让我从沉思中回过神来。应该有人在常春藤下蹑足前行，现在跑着穿过了院子和栅栏门。有人在靠近。我起身，布鲁托和上尉跟在我身后，隐约看见通往圣栎木林的小路上有两个身影。昏暗的光线让人分不清颜色，但是慢慢走近了以后，我分辨出了易卜拉希玛深色的皮肤。他拖着自行车，背着大包小包。拿着两只行李箱走在他旁边的应该就是白雪公主了，那个乌克兰人。他们的样子有点狼狈。

"你脸上怎么了？"易卜拉希玛盯着我的颧骨问，我脸上的瘀青从破了相的眉毛一直延伸到颧骨处，就像一块红酒的污渍。

"说来话长。"

我不想解释与斑大的彻夜长谈，也不想说他是怎么热烈迎接我的。易卜拉希玛做了一个我看起来像是不屑的表情，移开了视线。你也这样吗，易卜拉？我知道他在想什么，想我是喝醉了酒摔的，但是我很快转移了话题：

"那你们呢？你们在这里干什么？带着那么多包裹去哪里？"

"我在这儿就只能再待一个礼拜左右了，"维塔利说，"如果你不介意的话，安赫拉。"

"但是发生了什么？"

"她们把我们赶出去了，"易卜拉希玛说，"双胞胎姐妹俩已经不需要我们了，也不想让我们继续待在拉斯布莱尼亚了。迪奥尼西奥开车把我们送到了路口。"

积水时节的沼泽

艾梅特利亚的洋李树开出的花白得如此纯净，竟让人不忍看。日头正盛，花朵被白色灼烧着，叶片在花瓣的皮肤上描画出它的影子。眯缝着眼睛看的话，树皮是蓝绿色的。我躺在树下，躺在一块旧毯子上，集中精神听着一只蜜蜂沉醉在花蜜中的嗡嗡声和折刀的声音。嚓，嚓，嚓。易卜拉希玛坐在我旁边，用牧羊人的姿势，盘着腿，背靠着树干，砍着一根橄榄树的树枝，腿上的伤疤在这样的光线下越发醒目。他活儿干得很利索。他告诉我，他们开始争吵的时候他在一个屠宰场上夜班，他们是用别人的身份雇用的他。另外一个黑人的身份。600欧元一个月，提供工厂相邻库房里的一张简陋床铺，白天酷热，蚊蝇环绕，卡车来来往往，根本无法入眠。血液、内脏、刀子、仅有男人……我们三年前就认识了，虽然我一直向他证明自己值得信任，他仍旧像一条水蛇般懂得如何滑脱。是因为欠了债？因为一个女人？因为冒名顶替的丑事？还是这三者皆有之？坏事总是不落单。无论是因为什么原因，他陷入了纷争，被人刺了一个口子逃跑了，这伤口粗糙不平，就像有人用细麻绳将他的皮肉缝在了胫骨上。他在山里走了六天，伺机而动，埋伏着等待日落后继续前行。有时我觉得刺伤他的那个人比他伤得更重。然后就是电影桥段般的逃亡了。没人知道任何人的任何事。易卜拉希玛从远处来，从南边山峦的另一面过来，从一个他不想说出具体名字的地方来，一直来到了村子里。因为他乐于帮忙，我们这个小世界的主子，胡里安·哈尔东·马尔东纳多，很乐意就收留了他，让他在庄园里工作，也不曾少他一顿饭菜。小伙子也没有惹过麻烦。这儿没人过问太多。这个地方收留了从各处奔逃而来的人。

易卜拉缓慢地做着他的棍子，那些树结打磨起来挺困难的。橄榄树的木头很硬，如同这片贪婪的土地一般，几个世纪以来，这片土地的田野都被烈日炙烤着。这里的日光对穷人十分慷慨，生生灼烧着我们。还是没有下雨。我为他双手有力又灵活的移动而着迷。他无名指的戒指闪烁着银色的光芒，因为与他皮肤的对比而显得暗淡。正在此刻，在穿过洋李树叶片间隙的光线下，我可能需要混合焦赭色、铬绿色，也许还需要一小撮镉橙色，来达到近似他皮肤的色彩。变幻不定的光线，河流变幻的色彩……尼格尔可能会在易卜拉下巴的阴影中找到我的眼睛发现不了的色彩。随着折刀削下极细的木屑，木头芯子里出现了黄黑相间的纹理，他随后会用半圆凿和砂纸磨出某种与原始形状迥然不同的形状。易卜拉希玛用修枝时保留下来的最好的树枝雕刻出了长颈鹿、四条腿各不相同的大象、龟壳扁平的乌龟、翅膀紧贴着身子骨的鸟，这些粗糙的动物随后会被他在集市里卖掉。卖掉也只是说说而已，事实上根本卖不了几个钱。很多个星期日他都空手而归，而今天他不像是要出埃尔阿楚艾罗的样子。易卜拉希玛从来不走远。既不离开家太远，也不离开村子太远，以防万一。

下午 5 点了，我们还没吃午饭，乌克兰人昨晚喝醉了，现在还在睡着。从他们在家里住下以来已经过去了一个月，最终，共同生活比我想象的要好。他们如此突然地从拉斯布莱尼亚而来，彷徨无措地带着他们的包裹和行囊，如履薄冰，脆弱无助，我不知该如何是好。我不想多打扫一个空房间，于是将他们两人一起安顿在一间有两张床的房间里，那是以前我和母亲一起睡的房间。但我把装父亲骨灰的瓷罐拿出来了，现在他就在他应该在的地方，在我卧室的五斗柜上面，与我和艾梅特利亚在一起。

两个小伙子马上就找到了活儿，并立马撸起袖子努力干了起来，就好像想用劳力支付住宿费和我为他们准备的粗茶淡饭。他们加固了晾衣服的绳子，帮我把棚屋和鸡舍的墙用石灰浆刷了一遍，又翻新了屋顶的瓦片。我不知道他们从哪儿弄来的那半打新瓦，我猜可能是从村里空置的房子那儿偷来的，但我不想细究。他俩还一起替换了篱笆腐烂的部分，本来园子那里已经有个洞了。两个骑在屋顶的男人。两个拿着锤子将木桩敲进地里的男人。我都已经忘记了赤裸后背的美感，筋肉的鼓动，股四头肌紧绷时的完美构造。维塔利就是一只负重的骡子，能看出他斯拉夫农民的体型。而易卜拉希玛则是一头处于顶峰时期的动物，是优雅骨骼和坚实又灵活的肌肉结合的完美样本。我已经不应该感受到欲望了，但是却感受到了。我自慰了。

我现在明白了真正的财富在于幻想和耐心，但是年轻时我嫉妒男人的体力，嫉妒他们的身体到达体力极限前的耐力。我在尼格尔身上看到了这些。我从未在他的眼睛里看到过除疲惫以外的其他神情。作画，坚守在绘画中，需要一匹马的耐力。有一次，为了完成一幅铺满画桌的画，他精疲力竭，被抹刀割了一刀，一把钢做的抹刀，用来刮颜料的那种。虽然血溅在了画布上，他却没有停下来，继续坚定地挥动着手腕涂抹着，把从静脉流出的血液和颜料混在一起，如痴如狂，虽然切口相当深，他却不允许自己感觉到疼痛。"这只是疼痛！这只是疼痛！"只是疼痛而已。甚至连自杀也需要力量来爬上栏杆，需要在从桥上跳下之前鼓起勇气，将刀片划进肉里，爬上胡桃树，将绳索系在最稳固的树枝上。如果我决定自杀，决定消失的话，什么工具在我手里会是最温驯的？绳子？煤气管？安眠药？剃须刀片？

你不应该想这些东西。不应该。

家里修修补补的活儿让他们忙活了两个星期。在这期间，工作所迫使的克制和日子规律的节拍在我们身上投射出了某种热忱，一种友谊的幻象，虽然我不需要任何人，但是每一刻我都感激他们的存在，感激他们的陪伴。然而从几天前起，我们处于一片积水时节的沼泽中，仅仅表面平静，实则暗藏威胁。一些我说不出来的东西让我感觉不适。艾梅特利亚的警告和那些说话的声音，那些声音，如此甜美的音色。"来，来，这里软软的很舒服。"

男人们都很懒散，我不想被他们带坏了。喝烈酒、不按时吃饭、从清晨荒废到下午，晚上再无意义地争吵，就像昨晚那样。我们开始猜测农场主自杀的原因，突然，就好像没事人似的，就好像这是一件不重要的事一样，易卜拉希玛说，农场主自杀的前一天下午，他看见胡里安和迪奥尼西奥在马棚里争吵。我呆住了。你之前为什么不告诉我？维塔利却不相信他。他笑了起来，然后变脸说易卜拉希玛编故事来吸引人的注意，说他已经发现易卜拉好几次干活的时候蒙混过关了。他们吵了起来。易卜拉骂乌克兰人下作，但我不知道到底在工作中发生过什么事。我努力劝和，然后在这个夜晚变得更难堪之前借口疲倦上了楼。他们很快就上床睡觉了。

"为什么白雪公主反应这么激烈？"现在易卜拉希玛问道，目光没有离开他的树枝。

今天他没有雕动物，而是在他那一拃来长的棍子上刻着小小的几何图形。他的眉头紧皱着。

"我没有撒谎。"他又一次说。

"咳，不过是一个误会，语言的陷阱。"我假装不感兴趣，说出了我脑海中冒出来的第一句话，来冲淡昨晚的重要性，"我们三个仍相互理解，这已经是个奇迹了。"

"你别维护他。"他生气地说，我从他抵住牙齿的舌尖上觉察出了他的愤怒。

"乌克兰人酒品不好，你知道的。你分散了他的注意力，"现在我故意停顿了一下，"也分散了我的注意力。你之前就应该告诉我吵架的事。我们俩单独谈。"

我刚刚的那句话给他布下了一个陷阱。我没料到他说的情况，但是当然了，我想套出他的信息，不用告诉他我知道的事情，不告诉他我这些年一直知道的事情，而让他说出他知道的信息。

"除了这件事我什么也不记得了。"易卜拉回避我的目光，"时间过去太久，我只记得这个了。"

"这难道不是你的臆想吗？就像维塔利说的那样。"我故意激他一下，好让他说出所有知道的东西。

"我怎么会编出这样的事情呢？"易卜拉希玛在空中用折刀比画着，"我向你保证，安吉，我听见了。我听见他们吵架了！"现在他盯着我的眼睛看，"他们在马棚里争吵，而我在外面割草。只隔了一个铁栅栏，什么都听得到。"

"胡里安和工头在自杀前一晚争吵说明不了什么问题，说明不了任何事情。"我太想知道真相，过于冒险了，"你想说明什么呢？还是说你想怪罪于迪奥尼西奥？"

"我没这样说过。"

易卜拉希玛放开了他的棍子，把折刀插在地里，插进了毯子。

"农场主打了他一拳，"他继续说，"迪奥尼西奥哭了起来，但是是因为愤怒而哭。然后胡里安先生也哭了。他们两个抱头痛哭。"

我们本不应该谈论这件事，尽管如此，我还是脱口而出：

"你为什么直到现在才告诉我这件事呢，啊？这不公平。我可是为你冒了很大风险。"

我的问题逼得他躲开了目光。他没说话，深深吸气，然后从嘴里吐气，发出了声音。他又拿起了刀，把刀折了起来。弹簧的咔嗒声静止在了空气中。他玩着折刀，用刀柄敲击着大腿。他咽了咽口水。他什么也没说是因为他害怕，怕往前走错一步。对农场主，对迪奥尼西奥，对乡亲们，对我。

"安吉，"他的声音带着恳求的语气，"安吉，看着我。"

我照做了。我看着他，下午的斜阳刺得我眼睛难受。他又咽了下口水。

"你也知道些什么，对吗？"他轻声说。

一语中的。我眉心骨疼，用手掌揉了揉。我起身，然后又躺在草地上，把手放在脖子后充当枕头。我的沉默就是肯定。是的，我当然知道，偶然间得知的。我知道，但是我会尊重胡里安的回忆，也会像维护自己的自由一样尊重工头的自由。我知道，但是没有和任何人说过。好几年前，有一次我在山间行走，沿着河流的走向来到水塘前时发现了他们的事。他们两个骑了马，马被拴在栎树的树干上等待着。我就在那儿看见了他们，在密林的掩护下，看见胡里安和迪奥尼西奥，以他们粗暴绝望的方式相爱着。我知道，是的。我躲藏着，窥伺着，兴奋着。我知道，我非常知道。我看见他们在工作时交会的目光，我学会了他们秘密语言的碎片，由阳刚之气和生硬表情构成，很多次我都不自觉地想，那两个爱人的夜晚是怎样的，是否有所期待，是否互相猜疑，是否有所保留。我又是谁，有什么资格去评判？你们都是谁？你们对于激情懂得多少？我仍活在它的余波中。你们说呀，说呀，说呀，什么也不知道。谁又知道一个自杀者的理由？你们别搞错了：拉斯布莱尼亚的主人自杀是因为他的血液中带着坏的种子，因为他有着匈牙利人的蓝灰色眼睛。

"我只听到些断断续续的话。庄园、银行账户……我觉得他们吵架是因为没有实现的承诺，主人说：'你是个不知感恩的人。'"

钱，该死的钱。是迪奥尼西奥在敲诈他吗？不，这说不通。他们在一起时间太久了，我觉得他们是相爱的。也许工头害怕自己年迈。如果他老得不能在田间干活了，不能管理手下那帮人了，会发生什么？胡里安会邀请他同住在一个屋檐下吗？胡里安·哈尔东老爷可是个忠诚的天主教徒。

"你告诉乌克兰人了吗？"我问他，"我指的是他们说的话。"

"没有。我没告诉任何人。"

我相信他。如果说我喜欢易卜拉希玛的陪伴的话，那是因为他知道什么时候该沉默。我们俩都知道什么时候该退一步。

"你看他，从那儿冒出来了。"易卜拉希玛说。

我起身看向他用眼睛和下巴向我示意的地方，看向房子的门厅。维塔利出来了，头发凌乱，未扣的衬衫拖在牛仔裤外面。他似乎有些心神不宁，在院子和院子周围晃悠，仿佛不知道往哪里去。

"早上好。"我抬起了手臂打招呼。

他向我们走来，低着头，手插在兜里。他走到洋李树下，抓住一根树枝，俯视着我们。他笑了。

"你饿吗？"我问他。

维塔利摇摇头，灵活地一下坐到了我旁边，将高高的膝盖环抱在双臂中。易卜拉希玛在毯子上挪了几公分。乌克兰人闻起来有股咖啡的味道。

"你们要去托马斯那儿吗？"他问。

今天是星期天。这是星期天应该做的事，继续喝酒，了解村子里最近发生的事。

"我们晚点去。"易卜拉希玛回答，"我倒是饿了。"

我们沉默了一阵子。我们没有太多的话对彼此说。一、二、三，我抖落了身上的慵懒，起了身。我们最好在去村里之前吃点东西。我向午后太阳的方向伸展了一下身体和手臂，此时的太阳是杏色的，带着接近紫红色的纹理。难道胡里安在自杀前的那个下午也看见了这样的景色吗？我的脑袋从几天前起一直在抽丝剥茧，理清那些先后发生的自杀的关系：先是井里淹死的女人，然后是她的儿子——卡西亚诺少爷，最后是胡里安。如果我父亲是他的半个兄弟的话，如果他身体里流淌着哈尔东家败坏的血液的话，他也有可能是自杀的吗？他听见那些声音了吗？有一些细节太符合猜想了：我在马特乌先生家三天没有我母亲的任何消息，他们不让我看我死去的父亲，也不让我看他下葬，整个家沉浸在沉重的悲伤中。但是如果他准备在我下楼的时候自杀的话，为什么让我在回来的时候给他带包烟呢？而我呢？他们也想把我拖进去吗？不，我不应该这样想。无休止地思考并不是一件好事。

微风在洋李树的树叶间玩耍。一些叶子已经干枯了，它们向内卷了起来，就像鸟的爪子。明天我拿梯子把它们一片一片地揪下来。我竖起耳朵仔细听，现在好像听见远处有声响。是的，是汽车的声音。车从乡里公路的交会处开下来。男孩们站了起来，易卜拉希玛抖了抖毯子。那是公证员的蓝色汽车，是一辆好车，城里人开的那种。我以前看到过几次，所以认了出来。时不时地，每次当有还没被送到养老院的老人死掉的时候——就是雅格瓦住的养老院，他和他的手下就会如同秃鹫闻到尸胺的臭气一般出现，我清晰地记得画室里的那种臭味。他们在铁栅门前做出要停下的样子，但是一注意到我靠近就又重新向前开了。我没分辨出他们的模样，但是他们至少有三个人。三四个人。我走到路上。他们往车辙压出来的土路那边拐弯了，钻进了拉斯布莱尼亚的田间。他们减了速，开得很慢，偷偷地潜行。好像怕伤到了挡泥板和车的底盘，或者不如说，好像在打探每一寸土地。

我不是预言家也不是神婆，但是一阵颤动告诉我有些事马上就要降临在我们身上。

希望他们别过来。

女司事特奥多拉

现在我已经不厌烦教堂的臭味了。坟墓里闻起来应该有着相似的气味，一种陶土、冷香和带有霉斑的旧纸的混合味道。我可以花好几个礼拜翻阅教区的记录，但是刚刚我找到了一直在寻觅的东西：父亲在受洗时被登记为我曾经认为的姑姑的儿子。我一直翻看着 20 世纪 20 年代的两本册子，想看看我母亲是不是弄错了确切的日子，但是它就在它该在的地方，用当时主教的清爽字体记录着："加布里埃尔·马洛托·卢塞纳，1924 年 2 月 7 日出生，艾梅特利亚·马洛托·卢塞纳的儿子，母亲单身。确认其身份合法，能够作为其母族长辈——加布里埃尔·马洛托·阿尔卡拉斯和何塞法·卢塞纳·波尔巴拉斯——的子嗣受洗。"用铅笔书写着我那可有可无的、差一点就从未存在过的父亲的信息。

他们骗了我。他们故意向我撒谎。我算了算我伯伯们的出生和死亡时间，斑大的说法和艾梅特利亚想要向我传达的版本对上了。碎片都拼凑了起来：艾梅特利亚真正的年纪最小的弟弟保林诺和我父亲相差 20 岁，如果这还不够说明问题的话，曾祖母何塞法，那个逼我把家中的事实重构起来的奶奶，得 52 岁生下我父亲才行。一场可行但又不太可能的怀胎。我向神父说了可以说的东西，神父只喜欢听他们的先人说话，圣经里的那些。"也就是说斑大说你姑妈不是你姑妈，而是你的奶奶……但是，亲爱的，你怎么能听一个醉鬼说的话呢？对你来说这就那么重要吗？那就随你吧，如果这是你想要的话，你就继续吧。你想要的时候就去翻记录吧。"最后他对我的怀疑感兴趣了。神父感兴趣是因为他还想继续拉近与我的关系，而现在不管怎样，我必须让他带我去省城，去法院，去省里的民政登记处。我会去任何地方，让他们把文件从巴塞罗那给我寄过来。神父会帮我忙的，他有人脉。人们不会对神父说不的。我要一字一句地阅读我父亲的死亡证明。

我在圣器室中窥探了整整一个星期，要不是再也忍受不了女祭司的烦扰，我本来还会日复一日地来。她监视着我，让我不能在房间里抽烟，也不能弄坏她那些金属玩意儿。她把屋顶的荧光灯拆了，来搅乱我的阅读。连柜子的钥匙她也是不情不愿地给我，那里放着最久远的文卷。她不信任我，尽管安德烈斯神父还告诉过她，我有他的许可，随时需要都可以过来查阅。虽然特奥多拉一直在使绊子，我的调查却颇有些成果。我就像一只红蚁般辛勤工作。我很顽固。我有捣碎一切的耐心，正如当初尼格尔坚持要还原旧时的纯正红色那样，他教我在研钵里混合颜料，就像中世纪的画家一样，计算着氧化铁和亚麻籽油、初榨松节油和蜂蜡的精确比例。用抹刀和手腕的力量，直到调成他想要的色彩。在这里也是一样，一个名字接着另一个，一个年代一个年代地清理各个教区神父的不同字迹。在这几日细致的搜寻中，我发现有人已经先我一步开始查找了。有人像一只鼹鼠般顽固倔强地在死亡记录里挖掘。有人和我追随着同样的诱饵，一个像牛虻般顽固地在我脑中盘旋不去的诱饵，带我直达我父亲的死亡。有人在那些讲述自杀或者让人怀疑是自杀的词条中，用铅笔在书的边白给一些名字画了十字，而自杀这个词本身从未被使用过。比如那个婚礼前夜被新郎抛弃的女孩，她和头纱婚纱一起下葬，陪嫁的绣花床单也一起被埋进了棺材。我推断是她，因为"钩子""畜栏"这些词自那晚在托马斯酒吧的闲谈后就刻在了我的脑海中。那上面写着："卡特琳娜·科瓦莱达·马尔托斯。逝于1957年8月8日。在拉斯弗拉瓜斯所属土地畜栏的一个钩子上上吊自杀。未能做临终圣事。"她被埋葬在自缢者的院子里。普利多家不幸的人名字上也打着叉，在父亲自缢后，三个儿子在几年间也相继在庄园的树上自杀身亡。我是从他们相同的姓氏中推断出来的。最后一个，是最小的儿子："阿古斯丁·普利多·佩德罗切。逝于1970年11月3日。受主教指示，无殡葬仪式。"

我毫不费力就猜出了是谁画的十字。肯定是神父提到的那个医生，那个很多年前来到村子、拜访乡里其他教区的精神科医生，他痴迷于自杀事件的频繁发生。我会去问安德烈斯的，但对答案已了然于胸。医生也查阅了柜子里对应18世纪的案卷，在这里那里标记着怀疑是自杀的死亡，因为神父的旁注总是含糊其词，大多只是对自我了结生命之人的绝望一笔带过。乐于说明的教区神父是一个例外，一个馈赠。令人好奇的是，不管是谁埋葬的卡西亚诺·哈尔东少爷，庄园主的父亲，他好似想要撇清自己与他吊死在马厩里之事的关系，他在评论里写道："1973 年 3 月 12 日，星期日。我为卡西亚诺·哈尔东·马尔东纳多的遗体举办了教会下葬仪式。他于前一日的早晨 9 点通过暴力悬吊的方式导致了自我死亡。相应的教会及司法程序随之进行。"因此，虽然由于自缢而不被天主教的墓地所接受，卡西亚诺还是因为其身份而被安葬了，举行了仪式，葬礼由永恒不变的三组人参加：神父、地主和军人们。我真正的祖父卡西亚诺，那个弄大了艾梅特利亚的肚子又装聋作哑的祖父。而斑大又一次说对了：胡里安少爷和他的父亲在同一天自缢，只是相隔了 42 年。

我花了许多天研究哈尔东家的自杀传说，他们家至少有三个人被吸入了同一个黑色旋涡。他们甚至为井中溺亡的女人建了一份完整的档案。20 世纪初负责这个村子的神父应该是个钻牛角尖的人，因为他致力于在拉斯布莱尼亚搜集这场悲剧的证据、关于世俗的看法和夫人的性格。他也和医生聊了。我猜，由于剥夺自杀者举行宗教下葬仪式的资格对于他们的家庭来说是一个极其严厉的、具有破坏性的、耻辱的惩罚，那些乡村牧师不敢在没有上级宗教事务所的命令下就做出决定，也许在遇到有声望的家族时，他们也负责粉饰事实。在溺亡者，布里希达女士的名字旁边，牧师用暗淡的蓝色墨水书写道："鉴于其长期以来的神志错乱，将其庄严下葬。"可怜的不幸女人神志失常。而那些短工，那些下等人，没有财产的自杀者，则被葬在贴着墓地土墙的脏污之地，栽种大丽花的地方。

"马上就到 1 点了，你还剩很多没弄完吗？"女司事问道，她拿着把扫帚冲进了房间。没有敲门就进来了，她一向如此。

"我已经在收拾了。"

她现在突然急着打扫了。用扫帚能发出的最大噪音扫着地。扫吧，扫吧，爱管闲事的老婆娘，把你教堂里的污秽都扫干净。她没有一天让我安宁的。她把架子上落的陈年灰土都打扫了，只是为了窥探罢了，一不注意就把脖子伸得老长，来瞥我正在翻阅的页面。到了现在这个地步，她肯定知道我在找什么了。她的脑袋肯定推断出了结论。

"特奥多拉，我走了。"我用她的名字称呼她，她却从未叫过我的名字。

"那就再见了。"她没有看我。她的伪装下包藏着一种将我拒之门外的苦涩。

"我以后不来了。我查完了。"

我刚刚说的话让她很开心。她停下了手中的活儿，用垂涎的眼神看着我。

"请给神父打个电话。"我说。

"给安德烈斯神父吗？现在就打？"

她躲开了目光，继续佯装扫地。

"打到手机上很贵的。"她说。

"打给他。"我用我能装出来的最放松的语气，好声好气地跟她说。

"干吗要打？"

她想知道，她想知道，她想知道。

"我让你打给他。我没有电话也没有手机，安德烈斯神父让我查完就给他打电话。关于我的父亲，这里什么信息都没有，没有任何东西。你明白吗？什么都没有。"

这老太婆真爱挑事儿。她向我露了露她的尖牙，但最后还是走向了教区办公室。我在黑暗中跟着她走过狭窄的走廊，她与其说是在向我低语，不如说是在自言自语：

"你们马洛托家的总是这样，想怎么来就怎么来。"

我假装没听见。老太婆开了门，她把听筒放在耳朵上，看了一眼用图钉钉在软木板上的纸，拨了号，从头到脚地打量我。你干什么？你不喜欢你看到的东西吗？我也不喜欢你。

"他不接。"她说，"可能在开车。"

"再打一遍。"

她看着我的脚。我受不了别人看我的脚。她说：

"但是安德烈斯神父周日会过来。干吗那么着急？这个星期12点轮到他布道。"

"我必须在这之前和他约时间。"我试着保持平静，"他要送我去省城。"

她的嘴角露出了一丝鄙夷的表情。

"你跟神父倒是跟得挺紧。"

够了。我靠近她。她的呼吸闻起来有股牛奶的臭味。我吓到她了，她往后退了一步，把双手放在胸前，屁股倚在桌子边上。

"你想知道我和神父在做什么吗？"我的脸离她的脸只有两公分远，"你真的想知道吗？"

她睁大了眼睛看着我，眉毛高耸成了弓形。现在她不说话了。她不敢一直看着我。

"那我告诉你。我需要他带我去省城，去拿我父亲的死亡证明。"

我放开了她，走到了门边。

"你知道为什么吗？因为我有预感，他也是自杀的。"

我不知道自己在说什么，不知道这些话是从我大脑的哪一道褶皱里冒出来的。我摔门而去，走到了马约尔街上，加快了脚步。呼吸，安吉，呼吸。为什么我说了那句话？我靠着涂了石灰的墙壁，沿着有坡度的窄路走着，走在路阴的那一边。运气好的话，我不会撞见任何人。我只想回家，把父亲离开这个世界时退潮的河流和它变幻的光线、这条极细的银线和海鸥的鸣叫从我的脑海中清除。那是一个周五。他当时 51 岁，我 11 岁，天开始下雨。51 岁，正好是我现在的年纪。

那时我知道有不好的事情发生了，因为老师让我出教室，一直陪我走到了工棚门口，雅格瓦姨妈打着一把男人用的伞在那里等我。那时我还叫她雅格瓦姨妈。看见她我觉得很奇怪，因为那时才下午 4 点，而且从很久前起我就学会放学后自己回家了，没有红绿灯，有时从荒野那儿绕一圈回去。当时下着大雨，就像我母亲给我讲的鬼故事里的一样。我还以为雅格瓦姨妈带着伞来接我是因为如果不接的话，我回到家时就该淋成落汤鸡了。她的胳膊搂着我的肩膀，我闻到了她的气息，她的味道与我母亲的是这样相似。她的手指轻轻捏住我的连帽大衣，像山羊角的牛角扣扣住了大衣。我穿着有点大，因为那是教区送给我母亲的衣服。

"怎么了？"我问她。

"安赫拉，你的父亲很不好。"

"怎么个不好法？"

但是雅格瓦这次没有回答。她应该是匆匆忙忙地从家里出来的，因为她还穿着长毛绒拖鞋，而且没穿长筒袜。由于橡胶鞋底下坡的时候会打滑，她倚在我肩上，伞柄不小心戳在我的锁骨上。我很疼，但我抚摸着衣兜里软掉的瓜子壳和 5 杜罗[1] 的硬币，试图想些其他事情转移注意力。

当我们走到圣塔恩格拉西亚棚屋区的平地时，暴雨下得更大了，雅格瓦加快了脚步。她、我的母亲和楼里的其他邻居都不知道，虽然不被允许，但是我们这个街区的孩子会走到这里。雨拍打着简陋房屋的波形瓦，敲出一种奇怪的声响。有人把一张床单忘在了晾衣绳上。下雨的时候，在这块既不是城市也不是乡村的、工人阶级蜉蝣的荒地上，未铺沥青的马路变成了红色的黏稠泥潭。我们终于来到了我们住的那条路。雅格瓦没有走近我们的大门，没有将钥匙插进锁眼里，也没有拍拍我的屁股推着我上楼。她把我拖到了街角的酒吧，加利西亚人开的那家，把我推了进去。我当时还不知道要三天后才能见到母亲。

1　货币单位，相当于西班牙旧货币5比塞塔。

男人们突然不说话了，就好像他们正在干坏事，被我抓了个现行。只有弹球机的铃声和放在高处隔板上黑白电视机的声音。这里闻起来有一股烟草和炸肉条的味道。他们让我坐在靠里面的一张桌子上，坐在马特乌先生的傻儿子旁边，在那儿我看到加利西亚人朝雅格瓦比画了个手势，手在空中翻了一下，让她知道自己可以放心地走了。一会儿，那女的给我拿来了一杯热牛奶，我没喝。还有一个笔筒，里面装着客人用来记扑克牌点数的圆珠笔。我拿了一支血红色的，笔是干的。我在那儿等啊等。我那时还不抽烟，当然了。我又等了很久，开始害怕他们把我忘记了。

吧台那些男的低声交谈着，好像我是一个隐形的鬼魂一样，我当时也确实就是那样。无意中几句话飘进了我的耳朵："以前看他来过。""昨天他就在那里，喝着他的小酒。""可怜的马洛托，从被工厂辞退以后就再没抬起过头来。"我还听见了我哥哥的名字，他们还说应该有人去省长建的公寓那里通知他，那里是街区瘾君子的聚集地。我还保留着飞蛾的敏锐听力。

我走着，走着，以我最快的速度走在通往埃尔阿楚艾罗的小路上。我的双腿为回忆的发动机灌输燃料。那时我还分不清时间的构造，我不知道离马特乌先生进门过去了多久。他和妻子、傻儿子住在最高层，楼顶露台那层。他穿着工厂的蓝色连体衣——就是那个切割机把他左手两根指头锯断的锯木厂。马特乌先生和那一圈闲谈的男人聊了一会儿，时不时瞥我一眼。然后他走了过来，摸了摸他儿子的头，坐在了我旁边。他没有点酒，加利西亚女人给他端来了一杯白兰地，然后就待着没走。她好像很冷似的，双手抱胸，搂着她的开衫，当有坏事发生的时候，有些女人会下意识地做出这个动作。马特乌先生把断手放在我的胳膊上，告诉我父亲死了。那时我不知道什么让我更害怕，是我听到的话，还是那虽然失去了食指和中指，却像止血钳一般紧紧抓住我的残手。他说："心脏病突发。"当我们收拾完准备走的时候，街区下了一场小雨，一道肮脏的细流从上坡流下来，被下水道的大口子吞没。之后的三天，我睡在马特乌先生家里，他傻儿子的房间。他比我大两三岁，他让我不舒服，不是因为他的迟钝，而是因为他的半边脸被烧焦了。这件事发生在这一片街区。当时孩子们在化学厂旁边的火车轨道上玩耍，出于某种原因开始跑了起来，他也是，然后头朝下绊倒在一个腐蚀性液体泄漏形成的水洼里。街坊们游行请求关闭工厂。脸被烧焦的傻子。

在真实发生的事件和我们的记忆之间总隔着一块浸满了麻醉剂的棉花。第三天，当他们终于让我回家时，母亲抱住我，一句话也没说。后来的几天，她都只说不得不说的话，绝口不提发生的事情。因为家里没有全身镜，母亲用一块床单盖住了浴室里的镜柜，那是我们唯一的镜子，后面的40天里一直这样盖着，因为我们在守丧，在我们村里是这样守丧的。父亲下葬时他们没让我去，也不让我看父亲，因此好几个月了，我都以为随时还能听见他走上楼梯的脚步声，听见他的咳嗽，他拧开门锁的声音，听见他让我还他5杜罗。他的皮大衣给了雅格瓦的丈夫，虽然大衣扣不住，而我留下了他让我买烟的那25比塞塔。这和偷死人的钱没什么区别。

一个鹰嘴豆色的信封

连鸟都躲起来了。狂风试图吹走晾衣绳上挂着的男式衬衫，衬衫的袖子抽搐着，好似被风吹得窒息了。我跑着去收衣服，衬衫已经干了。一阵狂风试图弯曲一棵洋李树的树干，树有尊严地抵挡住了冲击。在这样的大风中，小伙子们没法在外面点燃炭火。猎兔犬喜欢和风玩耍，风唤醒它的好奇心和捕猎的本能，每吹一阵风，它就抬起那瘦长的嘴。当那些气流下沉，从山峦降落的暴雨鞭打着哈尔东家田野时，上尉却喘着粗气躲进了屋里。在它数不清的血统中最突出的是拉布拉多犬的性格，虽然那是一个勇敢的品种，但是狂风的冲击还是让它畏惧了。当它躲进房子的时候我还以为它最终总会习惯的。我上楼去关房间窗户，狗绕在我的脚边打着转。过来，美妞，到这儿来。它眯缝着眼睛感谢我抚摸它的耳朵、它削瘦却结实的脸、它的下颌。我也不喜欢风，你知道吗？这是我从父亲嘴里听到的最后一句话。他给了我25比塞塔的硬币，让我回来的时候给他带一包塞尔塔牌香烟，当我正准备出门去学校，走到门口的时候，他说："那疯狂的风把我困住了。"我从来也没明白他想说什么。疯狂的风。你别害怕，上尉，那只是友好的低语。来吧，上来。我让它和我一起躺在床上，睡在床单上，它侧身躺着，两条前腿搭在我的胯上。我用指腹抚摸着它的身体。我们俩都变老了。要给你把这些毛剃了？放开，不要舔我的脸。我们在这儿挺好的，就这样，别动。你知道吗？神父约了周二过来找我。9点。那时我应该已经拿到父亲的死亡证明了。我害怕，上尉。我不想被自己的血统拖累。

维塔利和易卜拉希玛已经在厨房麻利地鼓捣收音机了。这应该是一个欢庆的周日，而我在自己的避难所庆祝：乌克兰人明天就要走了，为了感谢我的留宿——本来他只打算住几天的，后来变成了将近两个月——他自己掏钱买了红酒和肉，他们本来是打算在园子里烧烤，但是后来刮大风了。现在广播里播着《警察》，用从前那种充满能量的声音播送着。因为某些奇怪的原因，下雨以后，空气潮湿的时候，广播往往听得更清楚，但还是一滴雨都未下。我觉得《瓶中信》挺好的。"千万亿的漂流者都在寻找一个家。"我一直都很喜欢英语中"漂流者"这个词，几乎像"海难逃生者"一样好听。成千上万亿的海难逃生者都在寻找家园。我就变成了这样的人。维塔利也是，他明天就要拖着箱子爬上土坡，一直走到公路的拐弯处等大巴。刀的弯弧，他说。熬过5月，就像我们现在做的那样，熬着，他还能赶上采摘大核水果的时节，紧接着是采摘葡萄的时节，摘棉花和橄榄果是在11月。乡村短工游牧般的生活。

我不会为他的离开感到难过的。我需要在宁静中找回那些细小的声音，楼梯的吱嘎声，水井的滑轮声，桶掉入镜子般的水面的声音，院子里的踩踏声。我不会想念他的，然而现在，我们却被包裹在离别虚假的伤感之中。几个小时以后，当乌克兰人离开房子，离开村子，甚至可能离开这个省的时候，我们就会知道，不管我们在这段过渡时期许下了多少承诺，我们都不会再见面了。我们感受到的并不是温情，只是对于时间流逝的不安，因为我们逐渐将自己抛在了身后。我不会想你的，维塔利。这些日子他透过他水蓝色的小眼睛从远处观察我，带着一丝防备，用尊敬来伪装疑虑，就好像他没能看懂我是谁，我在这里做什么，为什么不多过问就给他和易卜拉希玛开了门。尼格尔把不求任何回报的给予称作受虐狂的慷慨。我们两个一起完善了这个习惯。

一开始我们只要对方存在就够了，虽然我一直自问，像尼格尔这样的男人为什么会对像我这样的女孩感兴趣。他让我眩目。他的慷慨，他散发出来的能量，他对自身的肯定，他的姿势和表情，他的自由感。几个月以后，我都没意识到是从什么时候开始的，贝尔蒙德塞的房子开始塞满了谈天说地、痛饮到天明的人。他对我失去兴趣了吗？他似乎无所谓。哪怕只睡了两三个小时，胃里还有未消化完的威士忌，尼格尔也是一匹能够即刻回到他的画作，去仔细研究之前画的主题的骏马。目标就是他的全部。而我却为这辈子不知道做什么而绝望，为感觉自己正变得模糊而绝望，我唯一的用处就是收拾残局、清扫欢聚的残余、将滋养他创造力的群众演员清理出去。我最害怕的是他那被酒精释放的舌头。我知道总有一天他的冷嘲热讽会狠狠甩落到我身上，有一次就是这样，在吃意大利面配基安蒂红酒的晚餐时，我为了维护保尔——他的画家朋友之一，而受到嘲讽。家里还有其他人，可能有六七个，但我只记起保尔和尼格尔妹妹的脸，我太讨厌她那种矫揉造作的疏离感了。她也受不了我，我猜我们俩互相把对方当作想要抢夺地盘的入侵者。尼格尔从未将我介绍给他的父母。在聚会上我置身边缘。我不习惯这类如此高深的，同时也如此造作的谈话。那时我还未觉察到这点，我听着，试图去理解。尼格尔抑扬顿挫地说："在存在和艺术中你都应该到达你自己的极限。只有有所痴迷的人才能品味生命的质感，不管他痴迷什么。"保尔委婉地回应，指责他像个少爷，需要父亲每月给他打生活费，让他能够投身艺术，尼格尔暴怒反驳："那就是你的问题所在，保尔。你没这个胆子。虽然他们只付你那点儿微薄的工资，你还是继续上课，被你的绘画课束缚住了手脚，满足于平庸无为和你学生廉价的赞美，这样你什么成就都不会有。你的画很糟，你知道为什么吗？因为你不敏感。"他把我激怒了。我喊着，让他别再烦他了，然后他的尖刺就指向了我："喂，你是谁啊？你是靠什么赚钱的？凭你对色彩的感知，你本可以……但是不，你一点儿也不感兴趣。你既没野心也不懂得坚持，你就是个影子。"他妹妹细薄的唇线浮现出一丝欣悦的笑容，她都懒得掩饰。是的，也许我本来可以的，但是我害怕……是我和尼格尔恶魔的一面共处，是我忍受着他的醉酒，忍受着他将拳头打在墙上，忍受着当他没有画出想要的效果时那夹杂着"该死，该死"的冗长的抱怨，他没法接受自己有局限。他在与自己灵魂的战斗中耗尽了自己。当我和他妹妹清理工作室的时候，我们拿了一堆尼格尔的脏衣服，我们出奇地达成了一致，将衣服送去了洗衣房，我也不知道为什么。我们俩坐着，看着衣服在洗衣机里打转。他已经不会再去穿它们了。

从楼梯的缝隙间传来喊我名字的声音，午饭好了。我们走吧，上尉，走吧，他们喊我们吃饭了。布鲁托摇着尾巴跑来楼梯的最后一节迎接我们。我俯下身抚摸它。布鲁托很喜欢玩我的头发，用爪子缠住我的头发。我把广播的声音调低。饭菜闻起来很香。我跟他们说他们做的饭够一个团的人吃了。肉、加调料的米饭、黄油土豆、沙拉、烤面包片和一盘腌渍菜。我给予了他们应得的赞美，我还未丢失共同生活的最后礼节。我坐在我的椅子上，在桌子的一头，背朝烟囱口。狗躺在我的脚边。男孩们也坐好了，一人坐在桌子的一边，易卜拉希玛坐在一张单人椅上，维塔利坐在长板凳上。乌克兰人打开了一瓶红酒的软木塞——今天我们不喝盒装红酒了。他为我倒酒，在倒满自己的酒杯后，他举起了杯子，为我的盛情款待和近在眼前的美好未来祝酒，好像未来还未到来似的。我也接着按他的那套来。我拿了一块肉。是冷的。我给狗扔了一块肥肉，它马上狼吞虎咽地吃了起来。维塔利一边说话一边咀嚼，他说圣诞节很想回敖德萨陪他母亲一段时间。他说以后还会回来的。不知道什么时候。你年轻勤劳，我说，你在村子外找活儿干也会很容易。他

107

斜眼看着我，像往常一样。他们在我背后会如何谈论我呢？我不知道易卜拉告诉过他什么。

"那你呢？你什么时候走？"维塔利盯着易卜拉希玛说道。

他问这个问题时的语调有些太夸张了，好像酝酿已久。

"我不知道。"他回答，"我计划起来没有你那么快。"

要我说的话，易卜拉希玛可以待到他不想待了为止，甚至可以说我喜欢他在这里。不止如此，我还觉得，没有了白雪公主那令人不悦的带刺的说话方式，只有我们两人会更好。我不想催他，现在还不想。但是这个问题让易卜拉有些不悦，这是我从他的嘴唇间觉察到的，他的嘴皱了起来。他起身，走到冰箱旁，拿了一罐可口可乐。我们没有说话。盘子和叉子发出叮叮当当的声响。我望着炉子上方纱窗裁出的一方天空。风似乎终于平息下来了，现在葡萄藤的叶子在微风中发出像罐头里的沙粒一样的声音。这些是我喜欢独自享受的声音。微风。即将到来的蝉。锄头打进土里。房间镜前，梳子梳过我的头发。

男孩们继续有滋有味地咀嚼着，突然，两条狗跳起来冲出了厨房，穿过大门，躁动不安地奔向了院子。维塔利跟在它们后面。我们马上分辨出了发动机的声音，不如说是一种烦人的嗡嗡声，声音越来越大，直到在家门前停下。我们好像有访客。狗吠声平静了下来。乌克兰人探身出去看了下，说：

"是迪奥尼西奥，开着他的维斯比诺摩托车。"

警觉。一听到工头的名字，易卜拉整个脊背都紧绷了起来，他的双手撑在桌边，身体的重量都压在了椅子的靠背上，直到椅子只有两条后腿支撑着。这个姿势不知道是防御，还是想展示他此时所缺乏的冷静。铁栅门吱嘎作响，传来了门房大爷般不紧不慢的脚步声。他慢腾腾地走着，不着急，也并不趾高气扬。乌克兰人站在门口，介于屋内和屋外之间。他与其说不快，不如说有些激动，虽然正是迪奥尼西奥出面把他们赶出去的。我很惊讶工头周日来我家，虽然这里的日程表并不遵循惯例[1]。

"晚上好，祝用餐愉快。"他说。

静得连针掉下的声音都听得见。在这里看见这两个工人，迪奥尼西奥并没有表现出惊讶，也装不出惊讶。

"请进，迪奥尼西奥，请进。"我打了个手势让他过来。

他站在门厅和厨房门之间，打量了下桌子上的东西，我们吃的和喝的东西。他穿着干净的工装，手上拿着一个信封。一个鹰嘴豆色的大信封。

"你坐吧。"

"不用了，安赫拉。我只是来给你带个信。"

我和易卜拉希玛快速交换了下眼神。刚刚坐回长凳上的维塔利把一块土豆塞进了嘴里，慢慢咀嚼。他只管自己继续吃喝。反正他明天要走了。

"你坐吧，喝杯酒。"

"我这就走，不想打扰你们。"

"我让你坐，浑蛋！"

---

1 在西班牙，受宗教传统等方面因素影响，一般周日不会开展任何与工作相关的活动。

冷静，安吉，镇定。别急。感觉迪奥尼西奥不是来挑事的。

他无精打采地走了过来。当易卜拉起身去拿干净杯子的时候，我观察着他。他的蓝格子衬衫一直扣到脖子上的最后一个纽扣。来的时候他没有刮胡子。

"安赫拉，伏特加在哪里？"维塔利突然说。

"在棚屋的冰柜里面，大箱子里。"

维塔利去拿酒了。我有种预感，这个下午要狠狠灌几杯才行。

"给你。"迪奥尼西奥递给我一封信，"双胞胎要我把信交到你手里。"

我没想着打开，甚至连碰都不想碰。我摇了摇食指，让他明白我不想打开。要是他想放下信封就走的话他早走了。我说：

"我要听你亲口告诉我到底发生了什么。"

他看着我的眼睛。我在他的眼中看到了痛苦，一种非常深沉、无可救药的悲伤。我细细打量着他。在他蓝色的虹膜上有一块黑色的斑点，几乎与瞳孔相连，也许这是某次工作事故留下的印记，在修枝的时候一根树枝挥在了他的角膜上。这个斑点和老式的锁眼形状一模一样。里面藏着什么？用钥匙锁住了多少沉默？抑或是痛苦？工头叹了口气，喝了一口易卜拉刚给他倒上的红酒。迪奥尼西奥移开了目光。锁眼形状的斑点。

"陪着双胞胎姐妹的那些人是谁？"我问。我得试着做他的朋友，取得他的信任。我必须知道真相。

"一个是律师或者公证员，我也不知道。"他回答的时候有些犹豫，"一个搞法律的，但是这个人有时在有时不在。另一个有时会过夜。他们管他叫投资人。"

"他们总是开车来往拉斯布莱尼亚。"易卜拉希玛说。

迪奥尼西奥甚至都没看易卜拉一眼，他又喝了一大口，挪了挪身子，说：

"我什么都不知道。"

维塔利拿着冰伏特加来了。在他们国家，没有烈酒的告别根本不算告别，什么都算不上，他说，我们再次干杯吧。他给自己斟满了酒，然后给我们倒。我把还剩点酒的杯子靠过去。在塑料油布上，酒混起来是薰衣草的紫色。

"我不相信。"我说。

我知道这听起来有点挑衅，但是这就是我想收到的效果。我几乎是隐形人，直到他们让我走投无路。我继续说：

"你是拉斯布莱尼亚的工头。你肯定知道些什么。"

"我只听到过一些零星的片段。"

迪奥尼西奥用手摸了下头。他的头发剪得很短。农村男人都留板寸头。

易卜拉希玛用手指敲着桌子。他不耐烦了。我也是。乌克兰人的眼睛盯着空盘子。嗓子里伏特加的火焰鼓动我继续说下去。

"比如什么？你听到了什么？"

"我哪儿知道，只言片语罢了。她们想把大房子改成一个酒店。她们还说想造一些豪华的乡村别墅。我还听见她们谈论到猎场，往西一直到拉翁多纳达。一个很大的猎场。但我不了解她们说的那些东西。"

我需要抽烟。我翻了下口袋，在右边口袋里摸到了打火机。我起身，从烟囱的隔板上拿了卷烟的工具盒。我试图从一撮烟草中挑出烟梗来集中精神。我的脑海中飞快闪过许许多多的画面，都不知道选取哪一个来回放才好。哈尔东家两姐妹会把我家房子拆了吗？当我试图理顺自己思绪的时候，家里所有已逝之人都一一浮现。我看见夜晚艾梅特利亚孤身一人在田野间，怀着父亲的背影。我所谓的姑妈，想到这个我都要笑得喘不过气来。我看见我的父亲从轻轨上下来，那是从陶瓷厂过来的车。我看见我的哥哥嘉比，缺了上牙，拿着一杯自己买来的啤酒和朋友一起在军团的酒吧门口等待毒贩子的到来。我看见尼格尔捧着一杯茶暖手，指头沾着油画颜料，那件从来不洗的黑色毛衣袖子长及手指关节。我看见母亲在围裙上擦手，她的手总是像血那般鲜红。我看见晃荡着的农场主脚上穿着的马靴。我看见我自己在碎砖瓦砾中捡拾我那洗了又洗的旧内裤和汗衫。

"我们直说吧，我就是个麻烦。"我说，"是那个大阻碍，对不对？"我冷笑了一声。我们接近话题的核心了。

迪奥尼西奥在椅子上动了起来。他坐在易卜拉希玛旁边，门的边上。

"我明确知道的是，这一拨庄稼收割完就没有下一拨了。所有的庄稼她们都不要了。"他现在结结巴巴地说得快了些，"还有橄榄树，也没为她们赚多少钱。她们对土地没什么感情。她们要的是白花花听得见响的钱。"

易卜拉希玛吐了口气。他把头往后靠，我看着天花板上的房

112

梁，发现那里有块霉斑，像一个戴着头巾的印度人。

"那她们说了豪华宾馆的事情……她们会让你穿着燕尾服戴着礼帽戳在那儿是吗？"我出其不意地说。

越线犯规了。只有维塔利笑了。迪奥尼西奥没说话。我不知道现在这个男人的头脑中在想些什么，他在拉斯布莱尼亚耗了一辈子，除了这个庄园，除了那些早起的清晨和营生，他什么都不了解。她们把土地卖了的话，还会承诺给他活儿干吗？

"她们打算付多少钱买我的房子？"

我想都没想地脱口而出。这个世界上几乎所有的谈话都是这样开始或结束的。

"我不知道。我好像听到……"迪奥尼西奥犹豫了一下，试图往回退缩，从正要踏入的路上撤退，"我觉得那个搞法律的说了1万欧元。"

我苦笑了一声。我本想用笑来表达讽刺，但是笑声过后留下了苦涩的余味，我害怕工头觉察出来。有人给我布下了包围圈，并不是风包围了我。上尉应该察觉到了我的震颤，它把前爪放在了我的膝盖，嘴凑近了我的脸。

"这点钱她们还是自己拿着吧。"我说。

"这房子值不了那么多钱。"迪奥尼西奥放低了嗓音，我能看见他的指甲因为采摘洋葱而惨不忍睹，现在他不敢看我了，"哈尔东家姐妹说甚至连园子的土地都不属于你。"

我深深吸了口气。土地确实不属于我，但是土地的主人允许我母亲在房子后面种菜吃、偷电用。胡里安先生对很多事都睁一只眼闭一只眼，就像我对许多我所知道的事那样。但是我不会去反驳她们的，我不是那种耍手段的人。我甚至都不记得文书放在哪个抽屉了。我看见了 20 年前，当我千疮百孔地从伦敦回来时的自己。从省城到家的最后一段路我是搭便车的，卡车司机见我如此落魄，将我送到了上坡路那里的弯道，虽然这样他得绕好几公里路。我也不知道自己是怎么胸前挎着包裹走完了下坡的窄路，我那个样子就像那天被父亲从我们郊区住的房子里赶出去的哥哥。栅栏门和往常一样开着。我走了进去。她没在厨房。我把包放在地上。我觉得透过楼梯的缝隙喊妈妈有点奇怪。我在房子里转了一整圈，终于在牲畜棚旁找到了她，她正在浇那块她种植香料作物的地，冬香薄荷、鼠尾草、香草、墨角兰和罗勒。她穿着做园艺的橡胶雨靴和袜子，背对着我。我上颚疼，说不出话来。我透过栅栏的桩子看着她，想着我们有多久没说过话了。我托雅格瓦姨妈给她带口信，一封信都没给她写过。要是写信的话，谁会打开来读呢？谁会把信读给她听呢？她也不会多么积极地给我回信。我们从不互诉衷肠。当觉察到了我的存在，她转过身来，看了我一眼，然后好像什么都没发生一样继续忙她手里的活儿，仿佛我的肉体变成了透明的。我往回走，进了屋里，穿着来时的衣服躺在床上睡了不知多久，直到她来叫醒我，告诉我她炖了一只鸡。天已经黑了。我们沉默着吃了晚餐。她花了工夫做了杏仁酱佐鸡和一道加了蛋黄碎的汤。我的母亲日夜操劳，她觉得面包可以平息任何苦痛。她粗砺生硬的性格是被饥饿所锻造的，这样的性格最后导致了哥哥的不幸。她没有问我任何问题，她不想知道。那天晚上没问，从来都没问过。但是她很清楚，我来了就不走了。

"可能我把数字搞错了，可能不止1万。"他小声说道，好像话都被他吞进了肚子里，"她们想和你商量一下，你愿意谈的话随时都可以。我跟这件事一点关系也没有。"

"我没想到你会这么做，迪奥尼西奥。"我说。

"我是按照她们的吩咐行事。"

"你觉得这样做体面吗？"我在桌子上打了一拳，震得杯子和刀在盘子上叮叮当当地响了起来。

维塔利又给自己倒了一指深的伏特加。他斜眼看着我。

"先是我们，然后是她。"易卜拉希玛说，我不需要他来维护我，但是他这么说我挺开心的，他继续说道，"虽然我皮肤很黑，但是我的血管里没有一滴奴隶的血液。我比你要自由得多。别人给我什么我都不会去做你现在做的事。威胁人，干得可真漂亮。"

"威胁？我只是来递封信。"

"在我的祖国，这样的人被叫作浑蛋。"维塔利加了一句。

我很惊讶。我还以为维塔利是事不关己的那类人，但是我听到了祖国这个词，无意识地颤抖了起来。

"要是你不喜欢这里的办事方式，那就滚蛋。"工头啐了一口。

过去了极其漫长的3秒，4秒，5秒……一滴水从水龙头里滴下，滴在了水池中，滴在了他们煮饭锅里的水中。

"要是能让时光倒回一点点，倒回3个月，倒回到3月11日，"我停顿了一下，"我真想知道关于这件事地主会怎么想。"

我是无意中说出的这句话。看在胡里安先生的面子上，我不想让他难堪。迪奥尼西奥硕大的身子将椅子向后推，他站了起来，走向门口。一步，两步，三步。突然停了下来，转身，看了看他放在桌上的信封，然后看了看我，再想了想，又转过身去，在出去之前说：

　　"安赫拉，你做得太过了。"

老人院

现在我确切地知道了：我父亲是自杀的。他也没能摆脱血缘的链条。

神父扶着我的腰，但是我几乎感觉不到他肉体的触碰。我又重读了一遍证书，这次是大声朗读，为了让他听清楚："姓名：加布里埃尔·马洛托·卢塞纳。死亡时间：约早晨 10 点。死亡日期：1975 年 3 月 14 日。地点：巴塞罗那市自身居所。死亡原因：血液循环中止引发的颅内缺血。"

我们从旋转门出去，走在街上。我没有要求，神父就自己走到了我的右侧，我受不了走路时有人走在我的左边。循环中止，颅内缺血。绳子的压迫，或者父亲用来上吊的其他东西的压迫，关闭了他颈静脉或者颈动脉血液的通路。这就是文件想要说的。要是写"上吊"可能还更坦率一些，但是医生、法官和神父把它藏匿在他们厚重冗长的词句后面，用他们的学识为自己的领域筑上铜墙铁壁：医生，肉体；法官，智力及其可能性；神父，灵魂，虽然神父更喜欢说一些给蠢人听的话——瘸子会走路了，死人复活了，这些费解的故事。

"医学也是为你们服务的。"我跟他说，"根本不提自杀二字。那是十恶不赦的原罪。你要一字一句地领会。"

神父左边的嘴角浮现一丝冷笑。

"医生提到了直接导致死亡的原因，但是之前的原因并没有提。"他反驳道，"只要没有谋杀或者其他人的干预，法医就不会仔细查看是自杀还是意外。"他的一只鞋上有一块想洗却没洗干净的泥点，走路的时候我看着他的脚。"我想他们一直都是这么做的。出于尊重，或者是为了死者的家人。有时候能赔一笔保险，你知道的。"

除了埃尔阿楚艾罗的房子，我们什么都没有。

我们继续低着头走路。他提议在一家便宜的餐馆吃午饭，他来请客，还承诺会开他的标致车把我送到老人院那里，雅格瓦姨妈住的老人院。最后一班开往村里的大巴六点半出发，但是他说没问题，说我今天可以留在他的公寓睡，另一个神父不会介意的，说明天一早他会送我回村里，或者把我送到阿尔西纳公司[1]大巴车的车站。我习惯性地接受了他的建议。我总是听别人的。我不饿。我不能好好思考。为什么我的父亲决定自杀？为什么他要选择上吊？这可能是对生者来说最残忍的自杀方式了。绳索、死

1　西班牙城际公路运输一般由私有企业承包，阿尔西纳·格雷尔斯交通运输公司为其中之一。

结、晃荡的尸体，都在指责着自杀这个行为。他当时在想什么？我是他生前最后一个看到他的人，我想。

我们走上了一条我叫不出名字的宽阔马路，路边每隔几米远就种着一棵金合欢树。这个包容的省会城市却让我茫然失措：交通、信号灯的规则、掀开人行道的冲击钻的噪声、农村里所缺乏的铜臭味，人们带着所谓的目标来来去去。这个男人也让我惊慌失措。他说呀，说呀，说呀，说呀，从一大早将我从家里接出来开始就一刻不停地说话，在他那覆满尘土、晒得火热的红色标致205里不停说着。我盯着公路上的标线和挂在后视镜上、随着车子拐弯而摆动的圣克里斯托瓦尔的钥匙环，试图跟上他讲述的线索，但是这对我来说几乎不可能。我的思绪一直飞去了死亡证明那里，跟随着我的直觉，飞往了民事登记处，我将要发现的真相就在那里。车里闻起来有一股餐吧的空气清新剂的味道，杜卡多斯香烟的味道，独身男人的味道。神父谈起《圣经》里的轻生者，参孙、扫罗王和加略人犹大，有的在无花果树上自缢，有的坠崖而亡。《圣经》并不明确地谴责自杀，他说，中世纪那些家庭隐瞒自杀的事情，以避免自杀者的土地被充公。他说着，说着，说着。对他来说自杀是"自由意志的最高表现"这个观点是个伪命题，因为没有比自尽之人更为受困的主体了。是精神科医生向他这样解释的，就是那个来研究乡里自杀事件的相互关联，在圣器室的册子上用铅笔画十字的医生。医生也跟他说了一些动物的行为，搁浅到岸上自杀的鲸鱼，自己吞噬自己的昆虫，他说到一部电视纪录片，讲一头曾经是领头羊的老公羊受了重伤，在觉察到狼群靠近的时候，从卡索尔拉山的巨石上一跃而下。

我害怕，害怕我的血脉。害怕牛虻继续叮着我的太阳穴。"你父亲和你祖父自杀了，那你呢？你还在等什么？"

服务员将我们引向一张靠窗的桌子坐下。他马上送来了面包和餐具，我们没有点就给我们上了一瓶红酒。神父用绣花桌布的一角擦拭蒙上雾气的眼镜，那样子也太随意了些。开车途中，当有机会插嘴的时候，我鼓起勇气问他为什么当了神父。他似乎毫不迟疑地回答："因为我忍受不了别人吃苦受难。"这就是他当时原原本本说的话。真奇怪。我母亲去世的时候这个男人就在我身边，而现在，在这个私密的时刻，当我最终知晓父亲是自缢的时候，他也陪伴着我，然而我却没能习惯叫他安德烈斯。我还没下定决心越过障碍，虽然那晚该发生的已经发生了。一切发生得如此迅速，就好像是命中注定的一般。在黑暗的谷仓里，我们甚至都没有脱衣服。在楼下的房间里是我死去的母亲和雅格瓦姨妈；楼上是一个孤单的人从我身上满足他笨拙有罪的饥渴。他又来找了我几次，但我都回避了。我不想要他的温柔。他从菜单上选了煨甜菜、金黄肉排，还有布丁作为甜点。我只点了肉，那是给红酒垫肚子用的。我不饿，但是觉得恶心。嘴里有股盐的味道。

"那些用铅笔做的记号也激起了我的好奇心。"他说，"当我联系他的时候，我已经为好几个吊死的人下葬了，我当然也感到讶异。他是一个聪明、有条理的人，那个精神科医生。他还写了一篇关于集体自杀的毕业论文。"

"他给的解释是什么？"

"既不是因为近亲繁殖也不是源自匈牙利人悲伤的特性。这些传言都不是。也不是胡桃木的错，人们说它分泌出的一种化学物质容易让人抑郁。他说自杀的人选择胡桃木是因为它们的树枝足够结实，能够支撑尸体的重量。"

"我也是这么想的。"

"还有孤独，千百年来的孤独。作为科学家，他只相信是因为这些土地被隔绝了。他相信抑郁，相信酒精，相信对死亡的传统理解，认为死亡是如同走到隔壁房间一般自然的通行。当然了，还相信传染。"

"传染？就像病毒那样吗？"

"如果你愿意的话，我们就这么理解吧。精神科医生跟我解释这就像一个代代相传的程序。"

"基因问题。"

"不准确。倒不如说是家庭网络中的一种行为模式。基因也确实能影响抑郁的遗传倾向。"

我回想起我的父亲，他望着生命从窗外流逝，回想起他自从被工厂赶出去以后的那种黏稠的悲伤，回想起母亲的声音："你今天也不出去找工作吗？"

"精神病专家说那就像是一种习得的行为。在家庭成员或周围环境中有人在深切的痛苦和危机时刻自己结束了生命，这个自杀就留存在了记忆中。"神父放低了嗓音，看向了旁边的桌子，好像正在策划一场自杀，"它变成了一个参照，一个离开的可能。"

我的父亲知道。现在我确信了。父亲肯定知道他的父亲，他真正的父亲是上吊身亡的。悲伤吞噬了他，他死去的先人在召唤他。哈尔东家腐坏的血液。

"这发生在一些特定的家庭中，"神父继续说，"比如说曼家族。托马斯·曼[1]的家庭就被自杀困扰。姨妈们，子女们，兄弟姐妹们，孙子孙女们。这就是一个流行病。"

"是什么烦扰着我的父亲，导致了他的自杀？与嘉比破裂的父子关系？因为将嘉比赶出家门？因为无用的人生？一直追随着他的忧虑？因为他远离故乡？或许是因为他思念山峦了。"我咀嚼着肉排，但是难以下咽。那肉吃起来像木屑。

"或者海明威一家：他用一把双管猎枪打得自己脑浆迸裂；他的父亲早在两次世界大战之间就开枪自杀了；他的妹妹厄休拉——我指的是那个小说家妹妹——五年以后服用过量安眠药自杀；然后是他的弟弟莱斯特，得了糖尿病；孙女也一样，她头发金灿灿的，演员玛葛·海明威——她在爷爷35周年忌日的前夜吞下了一罐子的药片。"

海明威和他家亲戚与我有什么关系？还是踏踏实实地回到眼前的事情吧，安德烈斯神父。

"你别扯那么远，我们有哈尔东家的事情要谈。拉斯布莱尼亚的主人，他的父亲和奶奶，那个跳井的。"

我喝了一口酒，酒扎着我的舌头。

"我的父亲，"没有被谈到的人就不存在，尽管如此，我还是

1　德国小说家、散文家。1929年度诺贝尔文学奖获得者。

提到了他，"应该是带着拉斯布莱尼亚家腐坏的种子。"

安德烈斯没说话，他已经将菜吃得干干净净了。餐具发出的声响、电视的嗡嗡声和厨房里嘈杂的声音越发密集了起来。这个昏昏欲睡的城市中的公务员、办事员和退休人员。神父透过眼镜盯着我：

"你曾经想过吗？你脑海中曾经冒出过自杀的念头吗？"他直截了当地问。

我怎么跟他解释我曾经就是个灾难呢？

有一次我差点就不小心自杀了。难道我在无意识地追寻死亡吗？在离开尼格尔前不久，工作室的窒息和那里发生的事让我回到了巴尔汉姆区和莎丽同住的家里。我们在一个地下赌场喝了啤酒和威士忌，等着莎丽的毒贩子，但是他没出现。我们转了几圈，打听了一下。最后在一条小巷子里从两个从未见过的黑人那里买了两克可卡因。我们的计划是在家吸完，然后出去跳舞。莎丽在恐怖海峡乐队的碟片上摆了满满两道粉，卷了一张 10 英镑的钞票，"金钱无用，姑娘免费"。她先吸了一条。我等了多久以后也跟着吸上了？20 秒，32 秒，45 秒还是 1 分钟？我总是想要去相信，是她没来得及提醒我，告诉我他们骗了我们，告诉我我们吸的是白粉而不是可卡因。她试过海洛因，她熟悉那种口渴和上颚灼烧的感觉。莎丽就是匹强壮的母马，这对她来说没有太多影响。后来的事情我只记得些破碎的镜片，每一个碎片都反射着一张鬼脸：莎丽打我的耳光，安吉，安吉，安吉；莎丽晃动着我的身体，让我不要睡着，因为一旦向困意投降，失去意识，我就会停止呼吸和心跳；房东惊恐的脸；呕吐物，马桶；急救医生的胡子，针筒。他给我注射进去的东西，不管他想注射的是什么，好几年来在我胳膊肘的褶皱处都还留有印记，那是死亡留下的蓝色轻啄。一个警告。

"谁还没想过自杀呢？"我试图装出讽刺的样子，因为我不想谈论那些事，"不管怎样，我肯定会难以决定自杀的方式。我不信任化学的东西。"

未遂的自杀有些可悲。

我想抽烟了。我给神父做了个手势，我们走出了饭店。

"有时我会害怕。"不知道为什么这句话从我嘴里冒了出来。

"害怕什么？害怕自杀吗？"

"我被死亡包围了。我怕下水道的口子将我吞噬。"

神父拿出烟盒，递给我一支烟。他双手护着火苗给我点火，好像有风似的。我们把屁股靠在一个窗台上。

"你是因为你父亲才这么说的吗？"

"因为我的父亲，因为所有的事，尽管我哥哥嘉比的事不应该算进去。那是一个意外。"我抬起头看天，已经过去了很久很久，但我还是难以将事实用语言表达出来，"吸毒过量。过纯的海洛因。那时有一批几乎是百分百纯度的海洛因到了我们这片街区。"

他专心听着我讲话。神职并没有剥夺他的男性特质：他张开的颌骨，放松的姿势，从鼻孔吐烟的方式。

"我害怕是因为我身边的男人们都自杀了。"我现在已经不假思索，干脆利落地和盘托出。

"你身边的男人们？"

"我刚刚发现我父亲是自杀的，我男朋友也是自杀的，他是我最爱的男人。"我该怎么向他解释我和尼格尔的关系？是爱吗？那是我认为最接近爱的一次了，尽管我不得不逃离。

神父抓住我的手，握紧了它。我很快抽了出来。你别误会了，神父。我扔掉烟头，直起身子，回到了我们的桌子上。安德烈斯急匆匆地迈着小步跟上我，像猎兔犬冷的时候那样。我喝了一口酒，说：

"我男朋友没上吊。他投河了。我们一直没搞清楚他是从钟楼的桥上还是从防洪墙上跳下去的。没有证人，他们是这么说的。泰晤士河的警察在码头的位置发现了他的尸体仰面浮着。他用胶带绑住了自己的脚踝。"

"你觉得愧疚吗？"神父双臂交叉支撑在桌上，身体前倾，"你不用觉得愧疚。每个人都要对自己的生命负责。"

"我不是他自杀的原因。我们在这之前六个月就分开了，当时我已经不和他住在一起了。"我深深吸了口气，脉搏加速了跳动，就好像松节油的蒸汽又重新灌满了我的双肺。

不，我没有错，但是保尔、尼格尔的妹妹和我都没有发现工作室里的惊慌。是一个警察指出了一张一直在警示着我们的图片，那是贴在柜门上的一幅作品的图像，一张小图片，比明信片要大一些，暗自隐匿在一片混乱之后，无声地尖叫：那是乔托[1]

1　乔托·迪·邦多纳，意大利画家、雕刻家与建筑师，意大利文艺复兴时期的开创者，被誉为"欧洲绘画之父"。

的画作，一个名为《绝望》的隐喻，画中的女人身着佛罗伦萨式长袍上吊自杀，她紧握双拳，而恶魔在她咽气时前来带走她的灵魂。画作最令人惊异的地方就是那块悬挂着尸体的布条，让人无法将目光从绳结处挪开。这么多年以来，我们三个人、他的朋友中没有任何一人注意过它。

服务员端着咖啡过来了。他像看着一对偷欢的情侣般看着我们。我颧骨上已经变黄的瘀青应该补足了他的猜想。

"你为什么要帮我，安德烈斯？"

我的问题让他无措。现在是他避开了目光，望向窗外，佯装观察着午后半空的街道上来往的人。他假装向外望，其实在向内审视自己的心。最后他说：

"我想，给别人以希望是我的职责。"

再见，再会了，是的，当然，我会找到你家的地址，你别苦恼了。我坐在养老院门对面的长凳上卷了一支烟。我抽着烟等待。或者是相反的，我等待着抽烟。抽烟和等待总是最佳搭配，而我一生都在等待。绘画也是一种等待。"油画总是在等着晾干，可能300年过去了还在等待晾干。"那是尼格尔的原话。神父没有问我其他问题，我也没有给他更多解释。我在进去之前抽烟、等待是为了能处于我想到达的确切位置，来到我11岁那年父亲上吊自杀的3月的那天。

我穿过那块充当花园的土地，那里种着一片绣球花，一棵老橄榄树，在花园中间有一个可笑的秋千。虽然老人们都在睡午觉，但是前台的那个男人、那些拉丁女护工和我在走廊里碰到的护士都让我进了房间，因为他们在我上次来要钱时就认识我了。她们两个就在那里，在昏暗中睡着。雅格瓦姨妈被安排和一位耄耋老人同住，因为穷人甚至连死的时候都无需隐私。我在一张访客用的扶手椅上坐下等待，但是我也不知道自己是不是有足够的耐心。我听着雅格瓦的呼吸声，精疲力竭地拉风箱的声音。在她记忆的空缺处有些什么鬼东西？她记起过去比记起早上吃什么都清楚。她为什么不敢告诉我父亲是自杀的？难道她把我当傻子吗？这里闻起来已经有一股瘴气了，一股将至之事的味道，那是一种和从前不一样的酸味，那时的酸味是不一样的，我的母亲闻起来是一股消毒水和酸饼干的混合味道。在这里，死神已经在静候他的猎物了。很容易就能提前完成任务，只要用枕头压住她的脸就行了。

我拉下百叶窗的拉绳，随着一阵有力的声响，百叶窗打开了，房间溢满了黄色的光线。另一个老人的床离窗户更近，她睁大了眼睛看着我。她的眼神冷峻，那个老太婆。老年人又变回如孩童般自私。雅格瓦也醒了，她从远处望着我，好像凭直觉猜到了我为何而来。我站了起来。我受不了坐得靠床那么近。

"你为什么不告诉我真相？"

雅格瓦沉默不语。她比上一次更瘦了。死亡会削尖面部的线条，尤其是颧骨和鼻翼。他是耐心的陶艺师。

"我父亲自杀的时候，我还是个小女孩，所以当时你们不能告诉我，这我理解。但是现在都过去多少年了，雅格瓦？"

她继续缄默不语。她不明白，在她吐出真话前我是不会走的。我把椅子拖到床沿，椅子在瓷砖上划过的声音让我兴奋。我知道她的脑子还记得那个 3 月周五下午的每一分钟，我会榨干它们的。我坐了下来，跷起二郎腿。我会等待的。

　　"你在说什么？"她低声说道。

　　"你为什么不告诉我父亲是自杀的？"

　　她不说话，闭上了眼睛，瘦骨嶙峋的手抹了抹脸。

　　"为什么你现在想知道发生了什么、没发生什么？"

　　"别逼我对你不客气！"我不知不觉地喊了起来。我不在乎有人听见，也不在乎他们会不会来干涉。他们赶不走我。

　　说吧，老太婆，快说。来找你的是头山间的母狼。她为什么要同情你？

　　"这么久以来你一直在骗我。"

　　"是你的母亲让我发誓的，安赫拉。"她现在气若游丝，"她怕你。"

　　我的母亲，我的母亲，我的母亲。我的母亲实际上只在乎哥哥的死。

　　"你的表妹死了多少年了？5 年了。"我抬高了声音继续说，"从那时起到现在，难道你没有足够的时间来告诉我真相吗？"我瞥了一眼旁边的老太婆，她的神情有些呆滞，但是能够感觉到变化。

　　说吧，雅格瓦，说吧。我想知道一切，甚至最琐碎的细节。我聆听着。老太婆很肯定地推断我的父亲应该是在我去学校两三个小时后自杀的，当时他一个人在公寓里。他们发现父亲用剪刀将饭厅的窗帘绳剪了下来，我们一般都将窗帘拉开，因为我们喜欢在家看着人们在陡峭的街道上坡下坡。他应该是慢慢地走向了厨房，将液化气的罐子扶正——我母亲为了不浪费罐子里的每一滴液体，将它躺倒放着——然后走向了窗户。我猜他站在罐子上，把尼龙绳绑在上面的插销环里。他把罐子固定好，然后花了点时间在绳子的另一端打了个活结，把绳子套在脖子上，准备好了以后，他将罐子一脚踢翻。他应该在离地一个半手掌的地方蹬腿踢了一会儿，那个高度足够了，直到绳子的压迫中断了大脑的供氧。为什么？他脑中在想着什么？他想起了他的父亲和他的血统吗？最后一刻他在想着什么？他想回到山间吗？是哪一桩失败绊倒了他？

"大概 3 点钟的样子，你母亲干完活回来就看见他吊在窗子上，然后就马上来找我了。那太可怕了。"雅格瓦吸了口气，瞥眼看了看她的同屋，"她感觉很奇怪，经过加利西亚人的酒吧时没看到他坐着。"

他穿着一件周日穿的白色衬衫。我父亲是穿着上街的衣服自杀的。也许他本来想要去酒吧，但是在最后一分钟忍住没去，又去忙他自己的事了：绳子和打结的事。又或许他去酒吧喝了最后一口酒后才回来的。

"这件事谁知情？"

"只有你的母亲、我和马特乌先生，其他没人知道。"现在雅格瓦不设防地看着我的眼睛，"我们都没有告诉帕戈，以防他说漏嘴。当他从工厂回来的时候，消防队员和救护车已经带走尸体好几个小时了。"

"那嘉比呢？"

"我们也没告诉你哥哥。"

在马特乌先生家住的三个夜晚，我记得自己从窗户探身到天井里的缝隙处，想看看是否能瞥见我家厨房有人活动的痕迹，亮着的灯光、晾着的裤子、我母亲红彤彤的手。

一个护工推着一辆轮椅进来了。她用怀疑的目光看着我，好像在说："呦，真不错呀，雅格瓦，有人来看我们了。"我和女孩一起将她扶起身，让她在这个笨重的家伙上坐好，出了房间，走到白色的走廊上，白得让人觉得疼痛的走廊。吃点心的时间到了。我在她们后面走向餐厅。女孩给我们安排了一张离其他人有些距离的桌子。住在这儿的老人看着我们，尤其盯着我看。一个长着娃娃脸的老人张着嘴，目光追随着我的一举一动。从餐厅尽头的门里漏出一些厨房器皿的声音，一股汤和煮蔬菜的味道。还没给他们吃下午的点心，他们就已经在准备晚餐了。无论如何，我都不会让别人把我关在这里，但是我想，我无节制的生活不会允许我活到那个年纪。我也不想活到那个年纪。一个和我年纪相仿的女人推着车分发酸奶、蛋奶冻和马鞭草薄荷茶。雅格瓦要了一杯牛奶和两块玛丽亚饼干。那个女的问我想不想吃什么，我摇头。我不想吃这种垃圾。我倒是想喝酒，但是这儿不给他们喝红酒，而是用药催眠他们。在慵懒的宁静中只听见老人用勺子吃东西发出的声音。雅格瓦嚼得很慢。我想走了，我想尽快离开这里。

我陪她走过走廊，一直走到她的房间，我接受了她为抚慰我的痛苦而给的 20 欧元，我扶她在床上躺好，敷衍地吻了她一下。当我走到门后准备告别的时候，她看着一扇高高的窗子在地砖上投出的三角形光影，说：

　　"不要去想那些事情，孩子。它们就像疥疮一样防不胜防。"

边界线上的杏树

　　天亮了。我拿起篮子和装着果皮的桶，走向鸡圈。天空在等待太阳出现，刚升起的太阳像一只即将破碎的薄玻璃杯般澄澈透明。自从胡里安死了以后，生活、日子飞速流逝，不知不觉中，夏天就悄然而至。布鲁托在棚屋的门槛那儿缩成一团，睁着一只眼睛看着我走过，对它来说时间还早呢。有一只金毛的母鸡正在孵蛋，它没出窝打探。要是我能给它弄点玉米就好了……它已经好几天离群索居，傻乎乎的，只起来吃点东西，然后马上回窝里用它的热度去保护鸡蛋。公鸡近距离地守护着它，这样母鸡就可以尽量不挪身子，它也会用喙猛啄人，保护自己的领地不被我和其他母鸡侵占。它甚至和我正面交锋。天性使然，公鸡更喜欢鸡冠挺括的漂亮小母鸡，但当小鸡破壳而出的时候，哪怕是一只丑陋的小鸡，它也会舍弃自己的高傲自大来保护它，延续鸡圈里的生命。它变得更加暴力。它耀武扬威，朝我竖起了脖子上的红毛。别激动，爱挑事儿的，我还是这里的主人。唯一敢挑战它的是一只黑毛母鸡，它一整天都在围墙和金合欢树的树枝上，那是它被剪过的翅膀允许它飞到的最高处。它已经不受别人欺负了。它和别的鸡保持距离，它们在它下来啄食的时候对它毕恭毕敬。它在等着老死的那一天，也确实拥有不死在锅里的资格。它已经不下蛋了。自从去年秋天开始就没下过一个蛋，我也从未见它孵过蛋。黑毛鸡从来没有做母亲的天性。就像我一样。我不知道自己算得对不对，但是我觉得自己已经快两年没来月经了。

　　我挎着篮子进了屋，里面装着 11 只仍旧温热的鸡蛋。从门厅那里就闻到了易卜拉希玛做的咖啡的香味。他坐在桌边的长凳上，对着窗户，手中拿着一个冒着热气的杯子，指间是今日的第一根大麻烟。他在院子的围墙和水箱之间种了五棵大麻，在那里它们不会被风刮到，也能躲过从村里来的路人的目光。我不介意他抽大麻，胡里安先生也不介意，他说。他和我道了声早，我也回了一句。是的，他想吃早餐。煎蛋，当然了。两个更好。我也想吃。我把锅放在炉子上加热，开大了点煤气。火焰的橙色和它蓝色的心脏让我着迷。我切了面包，将咖啡壶里剩下的咖啡倒进杯子里。从纱窗和藤架上的叶间露出了一方晴朗的天空。油噼啪作响，我在盘沿上敲破蛋壳。这个蛋中带着胚点，那是蛋黄中一个血点。恶心，我从未觉得如此恶心。我趁易卜拉没看见，将它倒进了下水道。

　　我们在静默中吃早餐。易卜拉希玛细嚼慢咽，而我则快速吃着。贪吃的老上尉继续摇着尾巴，期待我们扔点什么给它，谁给的东西它都要。年龄并没有抹去它这个狗杂种贪吃的本性。

"你吃完以后，我们就开始移栽，给番茄搭架。我们已经推迟了好久。"

"今天不行。"易卜拉希玛说，"皮草匠9点在沼泽地的房子里等我。"

"干什么去？"

"干点零活。他想让我帮他清洁水箱的水垢。"

我很开心有人能帮衬点家里。人们把他们两个，阿尔卡里奥和他的寡妇妹妹叫作皮草匠。我不太喜欢他，也不知道他是什么样的人，但是除了我那点微薄的补助外家里还有进账，我倒是挺欣慰的。一点零头。只是保证不被排除在社会之外的最低收入。他们是这么说的。

"我想应该要做个两三天。"

"多少钱？"我问。

"40欧元工钱，外加午饭。"

"真是圣母显灵，兄弟。"

他问我是否还需要咖啡。我说要。我自己一个人开始弄番茄，弄到哪儿算哪儿。杆子我已经准备好了，地翻好了，地垄也犁好了。易卜拉希玛坐在厨房的石凳上，在我身后絮絮叨叨地说着。有时，纯粹的存在可能已经接近它字面上的意思了。自从乌克兰人走了以后，我们依据自己的方式重建了我们的生活，时间随着太阳的节奏流逝，家里要做的事情不用说就自觉分好了。我烧饭，他洗碗。他浇水，我管鸡棚。除杂草是他的活儿——四处疯长的喇叭花、花坛和那几棵果树。园子里的活儿我们对半分。共处关系并不紧张，但是自从周日送别维塔利后，我们之间的信任已经逐渐减少，变成了仅在有限的谈话里谈论紧要的事情，好似一切话都已说完，或者难堪在我们之间设了一层面纱。我没告诉他我发现父亲和老爷一样是自杀的事情。我不想他来打探。我试图不去想它，也不去理会头脑中翻滚的牛虻。我也不去想房子的事情。易卜拉希玛看见我烧了迪奥尼西奥带来的那个该死的信封，我都没有打开它，我们两个都再没提起过这件事。又是一天，墙上日历的又一个缺口。我接连好几天都想问他又怕冒犯他，所以没问：他在这里跟我在一起做什么？在这座破旧的老房子里，除了看着菜豆生长和等待着下雨，没有其他的未来。对我来说这样就挺好的。也许我太早、太年轻时就在这里尘埃落定了，但是那时我觉得自己已经活够了。那就是幸福，或者说接近幸福。我已经经历了我应该经历的，活了两辈子应该活的，但是，他呢？他在等什么？

他拿着咖啡回到了桌边，打开罐子，加了满满三勺糖。他的手用小勺有力地搅拌着。他还那么年轻，本可以调整航向，一路远离村庄和这些越来越空旷干枯的田地。我努力试着去理解，但还是不懂他为什么要逃离非洲，不明白从卡萨芒斯到圣克鲁斯－德特内里费那10天的航行有什么意义，那张牙舞爪想要吞噬驳船的海浪，自己尿液的味道，到达半岛时的一跃，外国人收留中心的拘禁，田间的疲乏辛苦，屠宰场的劳作、争吵，被山峦伤害后的逃离。为了什么呢？为了和我一起被埋葬在这里？他非洲的春天留在了哪里？他的雨季呢？他的天巴鼓和非洲鼓在哪里？他和我说起的蝙蝠，那些在第一滴雨水落下时飞向紫色天空的蝙蝠呢？还有他那刚出生就被奶奶埋在猴面包树下的脐带，就在家的后面，这样他就永远能找到回家的路。他是来找寻什么梦想呢？易卜拉有他的害怕，有时他的恐惧很现实。从本质上来说，我对他一无所知。

"你走之前帮我给狗剃一下毛。"我求他帮忙，"等会儿我给你准备些鸡蛋，带到寡妇那里去。"

上尉刚来时浑身疼痛，它以前流浪街头，身上爬满了跳蚤。现在它已经不像开始那样抗拒洗澡了。在葡萄藤下的水池里也表现得很温驯。它不抗拒我用手捧起干净的水浇在它身上。易卜拉希玛抓住它微笑着。先是爪子，小心点，用剪刀剪。然后是背上的毛发，用理毛器剃。就这样别动，很好。它知道热浪就要袭来，任由我们剃毛。

本来在无花果树下无精打采地打着盹的猎兔犬突然跳了起来，冲向了栅栏门，将鼻子从栅栏间的缝隙伸出去，门对它来说太重了。它用前爪挠着铁栏杆，急切地想要出去。你怎么了，布鲁托？上尉从易卜拉希玛手中逃脱，露出犬牙朝我们吠叫。它甩了甩身上的水，纵身一跃，顶着一身剃了一半的毛发去找猎兔犬。易卜拉和我交换了下眼神，没有说话就全明白了：有人到那儿去了。易卜拉一拉开铁门，两条狗如离弦之箭般冲向了田野，上尉顶着它稻草人般参差不齐的毛发跑了出去。与其说它们是循着气味而去，倒不如说是跟着声音。易卜拉跟在它们后面出去了。我以最快的速度穿上了我母亲曾经用来在园子里干活的橡胶雨鞋，试着追上他们。现在可以了，我现在可以辨别出远处金属粗暴的轰鸣声，狗正是冲着那声音去的。空气中弥漫着柴油的气味，这种味道粘上了我的上颚，刺激着我的神经。乱蓬蓬的燕麦秆儿在路上朝我戳来。布鲁托和上尉已经小跑到了荒地的中间，它们的叫声如同干麦秸一般在空气中炸裂。我跑啊，跑啊，跑。我已不再年轻，但是我的腿还好，我的肌肉和筋骨因为长时间走路都还很结实。雨靴在土块上打滑。一根刺菜蓟的刺刺穿了我的袜子，或许是一簇庄稼茬，在上一次收割的时候被留在了那里，我已经记不清了。我没有停下来，继续勉力跛行着。易卜拉希玛和两条狗已经快到达边界线了。我透不过气来，呼吸困难。我的肺感到疼痛，是因为走累了，但更是因为愤怒，因为我望见在300米远的地方，有人在砍畦田中的树，我的杏树，那些将我们的土地和哈尔东家土地分开的树。现在操作电锯的那个男人正在用链条拴住剩下的树桩，以便拖拉机能将它连根拔起，就像拔掉一头巨兽的牙齿一样。发生什么了？为什么？机器点头般地颤动着，因为树根拒绝松开它抓住土壤的手指。发动机咆哮着。然后，我差点摔倒了。我认出是迪奥尼西奥在开拖拉机，也认出了拴链条的男人是塞巴斯蒂安·马格尼亚，修车铺老板。我弯腰抓起手边能找到的任何一块石头，用力扔了过去，却只在铁皮上敲出了可笑的声响。

"你们在干什么？王八蛋！"

我吼得嗓子发疼，但是他们几乎没有听见我的声音。易卜拉希玛埋伏在我身后。上尉站在我和拖拉机中间，好似在保护我，它没有离轮子太近。而布鲁托在砍下的树枝叶片和马格尼亚的双腿之间绝望地绕着圈子。马格尼亚一动不动地站着，电锯在地上，锯齿朝向天空。空气中有股焦油的味道。

"是谁允许你们这么干的？"

工头关掉了开关，发动机随着一阵如雷般的震颤停了下来。他甚至都懒得看我，双手握着方向盘，目光迷失在虚空处。

"王八蛋！"这次我没有喊。

"不至于这么说人家。"我听到马格尼亚走近我们说道。

"你闭上你的嘴，马格尼亚，和你没关系。你的忠心可真不值钱！"

他不再说话了。将目光挪开，盯着自己落满灰的鞋尖看。布鲁托用嘴在他的脚和翻过的土地间拱着。上尉没有离开我。迪奥尼西奥疲惫地从拖拉机上下来，在踏脚板上无精打采地笨拙一跳。他穿着长及膝盖的雨靴，那是他施肥时穿的靴子。我想朝他扑过去，但是易卜拉希玛从后面抓住我的腰，把我拉向他那里。我用力挣扎着。他在我耳边说，安吉，冷静，安吉。他叫着我的名字，让我安静了下来。我闻到了他身上新鲜的动物皮革的味道。他注意到我的呼吸缓了下来，于是慢慢地松手，最后放开了我。我三步并作两步地走到了工头面前，闻到他嘴里有烧酒的味道。

"你非得掺和进来，做出这么丢人的事儿来！你可真没种，我说得没错吧？"

我抓住他衬衫的领子，一颗扣子崩开了，我松开手，双拳打在他的胸口，他眯着眼，抓住了我的手腕，没花太多力气就制服了我。上尉朝他扑了过去。

"安静，上尉，安静。"我试着让他平静下来，"老爷会怎么说？要是胡里安看见你在做什么，他会怎么说？"

他直视着我，在我的眼中反复翻检。锁眼形状的斑点发着光颤抖着。他的虹膜和我父亲的一样，是一种脏兮兮的蓝色。他知道我在想什么。我想象着他们两个，他和农场主，在马厩中交媾，胡里安抓着食槽，迪奥尼西奥迷失在一次次的撞击中。他知道我知道。

"我在三个礼拜前的周日就把信带给了你，到现在你都没有给她们答复。"

迪奥尼西奥从工作裤的口袋里掏出一块手绢，他擦了擦脸、肥厚的下巴和嘴角。

"她们在盼着什么？想让我带着鲜花和一篮李子上门拜访吗？她们想把我赶到垃圾堆里去，但是我发誓，她们等不到这一天。要去粪坑的话我自己会去，而且是我想去的时候去。"

"我只是履行哈尔东姐妹和律师给我的任务。"迪奥尼西奥停顿了一下，继续说道，"这块地已经不是你的了，安赫拉。"

"难道你没发现吗，迪奥尼西奥？"我真想一巴掌把他扇醒，"她们现在是在利用你做脏活，以后当她们不再需要你的时候，就会一脚把你蹬了。"

工头疑惑地看着我。他在庄园里操劳了半生，脑中已容不下另一种生活的可能性了，甚至连想都想不出来。胡里安死后，他寻不到方向。可怜的不幸之人，他不知道我发现了别人没有发现的事情。

"难道老爷给你留了什么遗产吗？"

一语中的。我知道这是在羞辱他。

工头用粗大的手打了我一巴掌，在我左边的脸颊打出了印子，正当我要还手的时候，易卜拉希玛拉住了我的毛衣，把我拉向他，用力地用双手圈住了我。

"你是个懦夫，迪奥尼西奥！放开我，易卜拉！"

"冷静，冷静。"易卜拉在我耳边温柔而坚定地说。

狗挡在我前面。它们不停地叫着，没有太靠近迪奥尼西奥，做好了保护我的准备。

"都别太激动了。"马格尼亚站在狗和工头间调停，"但是，安赫拉，咱们讲道理，这些树都已经干了。天知道它们有多久没结杏仁了。"

"谁都不该碰它们！"我喊道，"没有任何人可以碰！不管多久以后都不行！胡里安先生一直都照老规矩办事。"别哭，安吉，咽一下口水，但是别哭。"我除了这个房子，什么都没有了。"

易卜拉希玛拉着我朝后走，让我靠在他身上。两步，三步，四步。我照做了，但是仍看着迪奥尼西奥。

"你们想怎样就怎样吧，但砍下的柴是我的。"我说的时候已经不带愤怒了。

我们互相搂着对方的腰回到了家，狗不安地在我们身边转来转去。或者不如说是易卜拉希玛搀着跟跟跄跄的我回到了这块曾经属于我们的颓败的土地。太阳已经升起，马上就会将我们烤焦。

那一天剩下的时光是在安静中度过的，我们来来回回地到分界处用绳子拖来砍下的树，先是树干，然后是树根。易卜拉希玛没去沼泽地那边的房子，他说他会找个借口明天再去。我的手掌因为用力而灼烧般地疼痛。我们给西红柿播完种子后就得锯木头了。凉棚里放不下所有的柴，我们不得不把剩下的树干堆到后墙。杏树的柴火会烧得很旺，愤怒地燃烧。星期五我会去查诺的仓库问他要一个装磷酸盐的空袋子来盖住这些木头，以防万一，虽然我已经不记得有多少个星期没下雨了。

易卜拉希玛热了一盘汤面，我听见他喝汤的声音，就在我身后。我不饿，我的嘴向我讨酒喝。我倒了一大杯酒，坐在熄灭的火炉旁的矮椅子上，那个扶手椅的靠背是我母亲用皮绳编织成的。神父的书就放在膝盖上，但是我没心情读。我没法集中精神。我们都还没谈论发生的事情，因为某种奇怪的原因，易卜拉好像比我受到了更大的惊吓。现在他站了起来。我听到背后水流冲刷空盘子的声音。我关上水龙头。他走到炉子旁边，坐在我身边的红色石砖地上。不知道过了几秒钟，我听见他低声说，几乎是在喃喃自语：

"我们离开这儿吧，安吉。"

肉体与黑暗

"我明天得再去一次沼泽地那边的房子。蓄水池还没弄好。"易卜拉希玛跟我说，"我一整天都忙着把公鸡和母鸡分开，忙着打扫仓库，恶心得一塌糊涂。"

"我能想象出来。"我是在没话找话。我一点也不想听他讲关于羽毛、血和屎的事。

"一只母鸡的眼睛被挖出来了，另一只没了半个头。我们把它们杀了。"

"嗯。好多年前发生过一样的事情。"

那是我到后没多久。母亲和我去沼泽地那里帮皮草匠收拾烂摊子。天气闷得让人受不了，大部分的鹌鹑们都相互啄死了，尤其是那些公的弄死了那些母的：直接啄断了脖子，往头上啄。村里没有人能解释得通。有人说这些鸟是因为空间太小而发疯的，因为太多公鸟被关在一个棚子里了，因为缺乏食物或者不知道什么维生素。我只知道太阳碎片般地落下,预感到这会是一个更糟糕的夏天。今天太热了,甚至连狗都躁动不安了。

易卜拉希玛坐在我的左边,坐在桌边,就像往常一样,安静地咀嚼着。现在只听见液化气罐的嗡嗡声和沉醉的蛾子在旁边盘旋飞舞的扇动声,蛾子绕着圈子一次比一次更接近灯光。它们无法抗拒诱惑。在历经几百万年的进化后,黑夜中的一点光亮对它们来说仍是违反自然的一种神秘。它们不懂,所以埋头扑向光明。

"在我们国家,夏天的晚上飞蛾如此接近烛火,最后在火焰中燃烧。我奶奶说那是痛苦的灵魂。"

"差不多就像我们两个。"

我们笑了起来,但是笑得很勉强,很疲惫:三天前我们就被断电了。三天三夜,三个晚上我们都在煤气灯下吃一样的东西,排骨。午饭吃肉,晚饭还是肉,从早到晚,就像山上的狼一般。我们要赶在冷冻柜里的肉坏掉之前吃完它,那本来是为寒冷的冬天准备的。我们是前天晚上发现断电的,当时我正准备做晚餐,按了开关,厨房的灯没亮。我爬上桌子,扭下灯泡,没坏,灯泡没问题。易卜拉希玛检查了下房间,都没电了。进门的探照灯也不亮了。我们走到了变压器那里,从园子的后墙走到那里大概有三百米,一眼就看见了一架宽宽的梯子靠在砖墙上,那是用来采油橄榄的梯子,挺奇怪的。他们为什么把它放在那里?来威慑我们,我想,来嘲笑我们。是易卜拉发现一根从开关接到地上的电线被割断了。他们是刚刚割的,还是晚上弄的?他们是怎么做到不被我发现的?我不记得那天出过门。"他们把我们围困住了。"

易卜拉说。我们沉默着往家走，夜色已经降临，煤气灯照着我们的路，蟋蟀在炽热的土地上鸣叫。

肯定有人到哈尔东姐妹那里告状说我们在偷电，肯定有人帮她们剪了电线。我猜是双胞胎姐妹俩和她们身边的人，但是我也不太确定。我已经不知道村子里谁是谁了，也不知道谁是谁的人。房子多年来都连着拉斯布莱尼亚的变压器，但我们不偷庄园的电，偷的是电力公司的电。马格尼亚骗我母亲的时候就是这样说的。

"你要来一片哈密瓜吗？"

"不了，谢谢。我晚上不喜欢吃哈密瓜。"

易卜拉希玛起身走向了后厨，因为那里背阴，是家里最阴凉的角落，所以一直被用作储藏室。我们从空房间里搬下来一张火炉桌用作餐橱，放在窗洞下靠墙的位置。我把冷冻柜里所有的肉都塞进了一个和面的木槽里，猪肋骨、几根香肠、一整只兔子，上面罩着一片纱窗布，以防蚊虫侵扰。今天晚上一丝风都没有。

他们在试探我，哈尔东家两姐妹和她们的同伙，但是他们想不到我可以在黑暗中生活，一直到几乎老死为止。黑人也似乎不怎么在意，虽然他大麻抽得更凶了，蜷缩着，就像一只哑蜗牛。白天我们跟随着太阳的节奏，在日出前醒来，收拾房子，一直到利用完最后一丝日光，手洗衣物，照管母鸡，干夏天园子里干不完的活。吸水泵用不了了，我用水桶、绳子和滑轮精疲力竭地浇灌园子。我不发牢骚。在我们之前多少世纪以来人们都是这么过来的。收割的季节，在院子里望着星空的夏夜，橄榄树，1月熊熊燃烧的篝火，人们都早早入眠然后又重新开始。那个夜晚，我们坐在桌边吃完饭，时间变得更缓慢深沉。在台灯的光束后，我们的手和盘子后，是雾气。我想象着我的先人在这里，围着这张胡桃木桌子，就着油灯的光线低声交谈着，簌簌低语着，如同草生长的声音。他们在谈论什么？我们这些穷人聊些什么？艾梅特利亚曾经像抱自己的孩子一样抱过我的父亲吗？我听见所有已逝之人一起回答："现在怎样，以前就是怎样，一直都未改变。"我可以这么活着，但是我知道冬天白天会变短，我会继续思念广播里的音乐。查诺仓库里充的电池电量消耗得很快。伴着如此昏暗的煤气灯读书，我的眼睛很累。我可以这么生活，但我必须得做点什么。

我要去睡了，到床上去继续思索。我和易卜拉道了晚安，他也回我一句晚安。你别忘了关煤气灯。好的。我点了一根蜡烛，上楼回了房间，在楼梯的墙上投射出一个巨大的影子。

我睁开了眼睛。早晨的日光已经照进了房间。比通常要晚。我时睡时醒，但是我知道这不是一个梦：昨晚易卜拉希玛溜上了我的床。他应该是摸索着穿越了黑暗，确信自己能辨认方向。他避开了镜柜，又绕过了五斗橱的抽屉。我习惯将门虚掩着，虽然我像蚂蚁般惊醒，但是直到他拉过床单我才发现他进来了。他滑到床单下，贴近我的后背，手开始在我的肚皮上摸索，起初是犹豫的试探。我本可以反抗，本可以把他踢下床。我知道要是我不愿意的话他会听我的，但是我任由他做了他想做的。他坚定地抚摸我的乳头，谋求我的回应。他的手指、他的舌头、他的肌肉、他身体的热度都是来为我效劳的，他放慢了速度，以让我知道这一点。肉体是知晓的，有记忆的。他抚摸我，坚定地吮吸我，好像生命都汇集在下面那里，直到我完全放松，因为我的头脑一直保持着警觉，就像即将射出离弦的箭的弓弩一样紧绷。满足了我以后他才进入，但是无柔情蜜意，只是机械地进犯着，越来越快，以尽早释放。结束了以后，他发出了一声像是快慰，又像是绝望的低吼。他用他的上衣为我擦拭，随后马上回了我母亲的房间。无需我请他离开。

我的阴道疼痛着。我摸了一下，那里是湿的。是血。不知道停经了多久以后，我又来了月经。我体内的雌性特征又显露了出来。真违背常理。年轻时，月事是一种日常烦扰，偶因推迟而产生不安，现在却是一种呐喊，是生物对于时间的小小胜利，是从虚无手中夺来的一刻。我起身，在五斗橱的抽屉里翻了又翻。我家里已经没有卫生巾了，最接近卫生棉条的东西就是萨拉斯可达猎枪12号口径的子弹了。我拿起一块手帕，把它叠成长方形放在内裤里。我回到床上。糟糕，床单也被我弄脏了。白色床单上红色的印记，活着的颜色，生命流动的颜色。

一天下午，我轮到了酒吧的白班，回家比往常早了些。我大声喊他的名字。尼格尔不在工作室。我以为他出去散步了。我进房间换衣服，发现我床单上有经血的污渍，在我自认为是我的床上，我们的圣殿里，另一个阴道流出血液。那时我便知道我们结束了，我就在那里给他写了一封长信，放在血渍上。我收拾了我的东西，那些我想要的东西，把它们塞进两个运动包里，去酒吧等莎丽下班。那时直觉还没有告诉我即将发生的事情，告诉我要回工作室，要去偷堆在画室桌上那些册子的其中一本。我现在仍保留着这本册子。

我再一次打开了五斗柜的抽屉。它就在这里。一本硬壳封面的厚本子，封面上有杯底留下的一圈圈印子，上面用红色墨水写着"肉体和骨骼"，肉体和骨头。尼格尔将肉体和肉欲区分开来。我坐在床边，点燃了蜡烛，翻阅着那些老旧的草稿，那些自诩博学的关于色彩的评论："蓝色源自黑色，给人以冷峻的感觉，正如阴影给人的联想。蓝色总是缺点什么东西。而海绿色则精美绝伦。"这个本子我已经读了成百上千遍了。通过这本册子，我将痛苦和爱都揉碎来审视，直到感到恶心。尼格尔的搜寻。他的语句。"你的皮肤闪烁着粉红色的光泽。"他说锦葵色和浅玫瑰色能让我的皮肤呈现出一种特殊的光泽。虽然那不是日记，但是本子里的一些笔记标有日期，比如第一次讲到我的那条记录："1989年4月3日：安吉，西班牙人，小个子，大比例的银白色。有时会留下睡觉。呼吸起来就像一头兴奋的动物。我不太确定，但是我想她会回来。"我反复地阅读这一条和许多关于其他模特的描述，那些在我之前，和我同时来的，关于如何混合颜料画出她们肤色的描述："黑泽尔，纯种英国人：锌白色，朱红色，钴紫色。""安佳丽，父母是印度人：镉红色，钛白色，拿波里黄，墨绿色，氧化铬绿。""奥莎娜，西伯利亚冷美人：火星黑，银白，埃及斑岩红，皇家黄，群青色。"那时肉体的主题仍旧重要。当我为尼格尔摆造型，全身心地交出我自己时，我并不知道我不会再有比和他更深刻的性爱，但我同时知道没有任何一个其他女人如我一样深入他光与影的洞穴。我的指尖划过页面，往后，往前。"1990 年 10 月，我发现许多做我模特的姑娘都是生命中有空洞的女孩，只有为艺术家摆造型才能填补这个空洞。"我继续读着，简短的笔记，就像一缕缕的烟："我是一个视觉动物。我是视觉的机器。""竭力作画简直如穴居人般粗俗。""《牛的尸骸》[1]，卢浮宫。我钟爱肉的血红、蓝色、脂肪的黄色。我真想成为如伦勃朗、苏丁和弗朗西斯·培根一样的屠宰大师。"我至今忘不了腐肉的恶臭。

就在这里，在最后几页纸上贴着宝丽来旧相片。尼格尔拍下了不同日子、一天不同时刻的泰晤士河，拍下了泰晤士河的潮起潮落，但是时光把所有细节都融成了一个色彩，没有光泽，那是泥巴和时间的棕褐色：伦敦是记忆中的一片沼泽。伦敦是河，是催眠的水。在它几乎无法感知的流动中带有一些磁性的东西。我被吓到了。很多次我都感到害怕，但是又一次次地回到了河岸。在表面平静的水面下，河水无休止地涌动着，水流与泥滩纠缠不清，如同奋力挣扎的手臂，威胁将一切所及之物都拉向深处。最后几页里还有一处笔记写道："1990 年 11 月 22 日：冷得彻骨。工作室里只有 7 摄氏度。我听到广播里撒切尔刚刚辞职的消息。简

1　伦勃朗1655年所作的画作，收藏于卢浮宫。

直不敢相信。永别了，巫婆麦琪[1]。"一些笔记中显现出一些征兆，也许是没人能捕捉到的微妙信号，就连他的朋友和我都没有发现："艺术家是一个底层职业。你必须自己把握分寸。没几个画家能有尊严地成为画家。创意不会枯竭，但是你会自我重复，自我抄袭，最后无意中成为了自己的闹剧。"另一条："我无法停止工作。我感觉自己已经死亡，已经了无用处。"

　　我听见易卜拉希玛在厨房的动静。我穿上了昨天的牛仔裤和一件干净的上衣，下了楼梯。我看见他坐在桌旁吃早餐，一片面包和一块昨天剩下来的冷肉。早上好。我从他眨眼的速度觉察到了他的慌乱。我卷了一支烟，冲了一杯咖啡，咖啡壶底还烫着。我把咖啡壶放在冷水下冲。虽然我站在水池前背对着他，看不见他，但我知道他在打量我。我能感觉他黑色的瞳孔在我背脊上移动，从后颈一直到尾骨。我甚至可以猜到他在想什么。我们俩都惶惑地迎来天明，他比我更惶恐，因为我们直觉地意识到昨晚发生的事情已经破坏了家中本就不牢靠的平衡，让我们迷失了方向，我们已经不知道是什么将我们联结在一起。房东和房客，母亲辈的情人和陪睡的儿子，不伦的姐弟，或者是主子和奴隶，又或者是在食人岛上构筑防御工事的女鲁滨逊和星期五。我以某种方式给予他住处以换取他的体力，虽然在这之前我并没有像检查马的牙齿一样检查他的身体。我不会欺骗自己。我的子宫正在干

1　玛格丽特的昵称，此处指玛格丽特·希尔达·撒切尔夫人。

涸，白发比深色头发还要多。虽然在田间的生活和山野的徒步让我保持了身体的弹性，但我明白昨晚易卜拉希玛进我房间并不是出于欲望。我不会欺骗自己，不会——年轻的肉体喜欢年轻的肉体。他也不是为了偿还住宿的人情而和我上床，我没有请求他赠我一场欢愉。我欣赏他的身体，却无渴求，就像有人欣赏一座古老的大理石像。虽然当时我不想与人同住，但是从他被赶出拉斯布莱尼亚起我就没有强迫他做过任何事，也没有说过他在这里碍事。易卜拉希玛昨晚钻进了我的被窝，他是来寻找一种我永远不可能给予的东西：母亲的温热。我的母亲也从未给过我温热。

一天晚上，我母亲穿着衣服钻进了哥哥的被窝去给他温热。我透过一个缝隙看着他们，就在面朝开着的房门的火炉后面。嘉比喊叫着，冷得颤抖，他挠着自己的手臂，就好像要把皮都抠下来似的。他们三个抱在一起，嘉比、我母亲和疯狂的毒瘾。我在黑暗中穿过了丁烷炉闪烁着蓝橙色火焰的走廊，马上回到自己房间。我关上了门。从纸糊的墙的那边听到了我母亲似乎在他耳边呢喃："就当是为了我，儿子。为了我。别再碰那玩意儿了，你可以的。"而我哥哥的声音则是动物般的低吼。我不知道自己是多久以后睡着的，也不知道他们的低声细语是什么时候停止的。在那段时期，我对于他们两个来说是沉默而隐形的。在父亲下葬后的三四天，嘉比在省长公寓或是军团酒吧里收到消息，他回家了，他是回来尝试戒毒的。或者更有可能的是，当吸毒的反应过去了以后，他鼓起了足够的勇气来接受现实的刺激。他穿着当时穿的衣服就来了。我闭上眼睛仍能看见他穿着短裤躺在毛边花床罩上的样子，消瘦，有着海洛因吸食者瘦弱的优雅，胸部凹陷，而我的母亲在水池里给他洗黑裤子和黑上衣。我不敢进他的房间，只是从门缝里看着他。"你长大了许多，"他对我说，"马上乳房就要发育了。"然后大笑起来，又突然止住了笑。嘉比的脚踝和脚都水肿着。他不注射海洛因，这个在街区里一夜之间冒出来的肮脏的天赐之物。他直接用鼻子吸食，或者在锡纸上加热后吸食，就是英国人所说的追龙，追随龙的烟雾，龙最后灼烧了他。我很清楚嘉比试过戒毒，靠喝水和服下大量的氟硝西泮，靠强行将食物塞进胃里。有段时间母亲都不打扫家里的卫生了，她就盯着他。清晨嘉比下楼活动，来来回回地在没有铺沥青的马路上散步，然后钻进加利西亚人的酒吧喝一杯热乎乎的牛奶咖啡，我的母亲总是贴在窗边望着。他总是马上就回来，别的地方哪儿也不去，甚至连军团酒吧都不进了，就怕复吸。母亲为他付烟钱，给他买劣质威士忌。我不知道他和我们一起度过了多少个日夜。我只记得有一天醒来，嘉比拿走了母亲钱包里和信封里所有的钱，他走了，也带走了老太婆的金耳环，她唯一的一副金耳环。

易卜拉希玛把咖啡送上了楼。我倒了一杯，坐在了他对面。本质上来说，我对他一无所知。谁都不了解谁的任何事。他把妻子和孩子留在了塞内加尔吗？他肯定地说没有。谁在等待着他吗？我仔细研读着他：瘦削的面颊，没有鼻弓的鼻梁，马一样的鼻孔，黑曜石般的虹膜，昨晚抚摸过我的手。他穿着一件农业工会的上衣，对他来说太大了。我盯着他看，但是他没有看我。最后当他看向我的时候，他说：

"你希望我走吗，安吉？"

"我没说要你走。"

"我觉得是时候了。"

从某种程度上来说，在发生昨晚那件事之前我就在等待着这一天了。他找到活儿干并不难，虽然需要使用别人的身份。这又不是什么正经工作，没人来找麻烦。劳动督查？笑话，谁会来这种鸟不拉屎的地方。易卜拉慢腾腾地从桌边起身。他拿起帽子，准备去沼泽地的房子那里做零工了。

"你应该怎么做就怎么做，易卜拉。你自己决定。但是你要是走的话，我请你在走之前帮我点忙。你懂点机器的，是不是？"

"什么机器？"

"你说过你在老家那里是焊工。"

"对。"

"那你应该会修发电机吧。"

"我可以试试。我手挺巧的，也有耐心。你从哪里弄发电机来？"他问。

"斑大的磨坊那里有一台在墙角吃灰的发电机，应该是原工厂的。他不用。我给他点东西来换。楼上的床垫、毛巾、毯子、几瓶酒。看看他要什么。他不会拒绝我的。"

我们不能再继续这样下去了。我这样想着，却没有说出口。

"我们只需要将发电机装到车里就行。你要是不清楚怎么做的话，就让马格尼亚，修车的去看一眼。”

"在发生了那样的事情以后你还和马格尼亚说话？"易卜拉脸上带着不相信的微笑看着我。

"是的。"我没有太多选择，"今天下午你忙完皮草匠家的活儿以后就去托马斯的酒吧。我在那儿等你。"

母狗古拉

　　喇叭里放着一首奇想乐队的歌，虽然已经过去了许多年，它的歌词仍从我的大脑深处涌出来，就好像我是昨天在酒吧厨房刷着盘子时才从半导体收音机里听到的一样，或是在回贝尔蒙德塞画室的路上，换乘地铁后的那45分钟时间里从随声听里听到的，从城市的东边一直到河的那一边，我闭上双眼，后脑勺靠着车窗玻璃，注意脚下间隙，小心缝隙。是的，我清楚地记得歌词："天花板上有道裂纹，水池漏水。没有工作没有钱，我周日的烤肉是块涂了蜂蜜的面包。我们为何而活？"死胡同。我在那里，就在那里，在他们想要把我拉进去的死胡同中。小心缝隙。他们把枪交到了我手中，让我来扣动扳机。他们想让我打好活结，再套到自己的脖子上。他们想把我变成酒吧里的谈资，"哦，对，马洛托家的那个安赫拉，那个孤身一人住在埃尔阿楚艾罗破旧的大房子里的安赫拉，你们不记得了吗？她的姑妈疯疯癫癫的，她也疯了，最后在山里上吊了，就在拉斯布莱尼亚老爷上吊的那棵树上。他们是这么说的，她找到了同一棵树。她的姑妈是赤裸着身子上吊的，穿着鞋，但是光着身子。四五天以后他们发现了她和她在胡桃树下卷成一团的衣服。那是大家口口相传的一个悲剧。是孤独……就是这样的，吊死的人会召唤其他人也来上吊。"他们说着，说着，说着，却什么都不知道。他们不知道我对他们来说已不可企及。

我忍不住大笑起来。我还会笑。见我无故笑了起来，托马斯惊讶地瞥了我一眼，但随即在胡子和下巴间又露出了亲切的表情。托马斯真是个性格平和的家伙。他从啤酒龙头里倒了一杯啤酒。已经快晚上7点了，连一个人影都没有，街上没有，酒吧里也没有。天还太热。去村里的时候我不得不撑着我母亲的黑雨伞遮阳，以防太阳烤焦我的脑袋。

托马斯给我上了一杯红酒，"店里请的。"他说。我不知道他能赚多少钱。他绕过吧台，坐在我旁边的板凳上。我忍不住呆呆地望着他的靴子。黑色的尖头山地牛仔靴。他张开腿，鞋跟钩在凳子的横档上。

"怎么样？山上那边都好吧？"

一个空洞的问题，仅仅是为了打开话题。都到这地步了，百来个村民应该都知道她们想赶我走了，也应该知道她们砍了我的杏树，知道我坚持要带走砍下的木头，因为那是我的，知道他们没打招呼就把变压器的扩展装置给拆了，也知道黑人和我从那时起就像野人一般生活在黑暗中，如同穴居时代。

"都还行吧，没什么好抱怨的。"我耸了耸肩膀说道。

他们得等我死了才能把我从家里弄出去。我这么想着，但是没说出来。托马斯移开目光，看着墙上的钟，应该是他从餐厅搬下来的一座老摆钟。

"马格尼亚应该快来了。"他说，"他一般这时候过来。"

"我一点也不急。"

要去修车铺找他的话，我还不如在这儿等他，在那里他可以有所防备。我在冒汗。我用进来时托马斯在读的那张一周前的报纸扇着风。边界线事件发生后，我就再没见过塞巴斯蒂安·马格尼亚，也没有再来过酒吧。远离这个世界很简单，非常容易。

金属门帘簌簌的声音。我转过身去，但是出现的不是马格尼亚，是易卜拉。他在门口俯下身去抚摸狗的头。是的，是斑大的狗，我是从它下颌骨上的痣和脱色的鼻子认出它来的。易卜拉希玛终于进来了。他满身尘土地来了，带着一只大塑料袋，袋口露出一截长面包。他脱下棒球帽，擦干了额头上的汗。我闻到了他身上的酸味，一种洋李子干的味道。我喜欢。清洗过后，我还能辨别出他留在我肉体上的痕迹。他眨了眨眼。他的眼神比昨晚的事情发生前还要躲闪。他说他去了查诺的库房，买了半打蜡烛和煤汽灯的纱罩，取好了我托他取的满格电池。他把袋子放在地上，坐到了我旁边托马斯的凳子上。托马斯已经回到他吧台后的位置去了。我换了音乐。店老板刚放了披头士的老唱片。那张老唱片。

"你怎么样，小伙子？"托马斯把他点的可口可乐递给了他，"你什么时候走？"易卜拉不要杯子。

好家伙，消息传得比兔子跑得还快。黑人想着要走有多长时间了？他之前为什么不告诉我？这里没有秘密，大家什么都知道，甚至在事情发生前就知道了。邻村应该都知道易卜拉希玛要走的事了。他是怎么跟他们解释的呢？他也在我背后说悄悄话吗？他跟他们说了些什么？他和他们谈论我的隐居生活，谈论我徒步山间。向他们解释说我几乎不睡觉，半夜出门漫步荒地，卧室里存放着我父亲的骨灰。说我自言自语，说我像动物一样吃特定的食物来帮助清肠，说我晾衣架上的内裤旧得连皮筋都松了。说我需要一个男人。他告诉他们一切他想象出来的我以为没人看见时所做的事。要是听见这些话，我应该会觉得有意思，但是现在这些事已经不会烦扰到我了。让他们说去吧。

"我想我大概 15 天以后走。"易卜拉希玛有点不自在地回答道，他并没有看着我，"目前我待在巴塞罗那的一间公寓里，那里住着一个认识我表弟的同村人。然后我俩会从那里出发坐大巴去北部，去阿拉贡产水果的地方。我们肯定能找到活儿，不管是采摘水果还是在罐头厂里工作。肯定能找到。"

"到时你看吧，肯定能找到，兄弟。"托马斯说。

到时你看吧，肯定会的。慢慢来。有耐心。人们学会将那些托词如同掩体般安放，以防被另一个人的倒霉事沾上。现在放着《艾琳诺·芮比》[1]，我们这儿不捡教堂门口的米粒[2]。现在这里已经

1　英国披头士乐队的歌曲，收录于乐队1966年专辑《Revolver》中。
2　西班牙保留婚礼时在教堂门口向新人抛洒米粒的习俗，以求丰饶、多子、繁荣。

没有婚礼了。

"也许我冬天会回来。"易卜拉希玛把双手放在大腿上，伸展了下腰背，看着屋顶的横梁。他随即看了我一眼，观察我的反应。

"橄榄树结果的时候总是有更多活儿干。"

他会回来的。我知道他某一天会回来。"啊，看看所有这些孤单的人们吧。"啊，看看所有这些孤单的人。他们从何而来？他们所属何处？狗用尾巴晃动门帘。它惬意地从脚边豁了口的盆里喝水。

"对了，斑大呢？他到哪儿去了？"

托马斯奇怪地看着我。

"斑大？"他的一只眼睛奄拉着，在烟灰缸里摁灭了烟屁股，他的泪腺里进了烟，"但是，你们不知道吗？"

"他死了？"

"他被关进了养老院。"

"该死[1]！"易卜拉希玛脱口骂道。

这会要了他的命的。一个老酒鬼，不久就会被毁在那个墙白得过分的洞穴里。他和雅格瓦，仅有的两个知道我真相的人，被关在了同一个地方，被逐渐抹去。他们正在包围我。

"据说安德烈斯神父去磨坊给他送什么东西，发现他躺倒在地上，失去了知觉。"托马斯把胳膊肘撑在吧台上，揉了揉太阳穴继续说道，"他的身体垮了。你的神父朋友打电话给社会救助机构，还是那个叫什么来着的机构，他们决定送他去那里。"

1　原文为法语。

"那这条狗呢？它怎么在这里？"

"这是挺奇怪的。"托马斯点点头，"斑大有天下午过来，喝了两杯酒，把他拴在了铁环上。'你帮我管着古拉，我去买点东西。'你现在看见了，我还在等着他呢。"

"他忘记古拉我觉得挺奇怪的。"

"我也觉得奇怪。要我说的话，老头肯定发现什么不对劲了，所以才把它留给了我。他被关进去以后古拉肯定要去流浪狗收容所。更糟的话，他们可能会把它杀掉。"

"真可怜……"

"你要吗？"托马斯用下巴示意门的方向。

我看着他，不知该如何回答。

"你把它带走吧。我母亲不想在楼上养狗。晚上关灯了以后我把它留在这儿。我在柜台后面给它放了条旧毯子。"

"别说了，别说了。我的麻烦事儿已经够多了。"

我一下从凳子上站了起来，出门走到街上。我俯下身子。你好，古拉，你的主人把你留在这里了，是不是？狗闻了闻我的手和鞋子，热情地摇着毛尾巴。你认出我来了吗？你记得我？对不对？它很脏。要是说它身上有从磨坊带来的跳蚤也不奇怪。我觉得斑大顶多也就是把它按在河里洗洗澡。它的毛也应该剃了。还有这个塑料项圈，你勒不勒？它比上尉还要更难看、更瘦弱，但是它俩都有着一双忍饥挨饿的眼睛。是哪个小流氓骑了你的母亲？你说，会是谁呢？你的毛发颜色这么深。就这样，小美妞，就这样别动，乖宝贝。我站了起来，伸展了下背部，看向了巷子口，穿着马翁布连体工装的塞巴斯蒂安·马格尼亚就站在那里。认出我后，他猛地停下了，然后做出要往回走的样子，但是和他一起过来的达米安——那个掘墓人——抓着他的胳膊拦住了他。他们两个说着话，看看我，又继续说话。他们走了过来。我看着他们，在门口等着。马格尼亚头发浓密，对他这个年纪来说白发不算多。他深色皮肤，身形干瘦，难以捉摸。他的手很巧。两个儿子没有继承他的好手艺，也不想继承他的行当，他们离开了村子。马格尼亚干起活儿来不惧辛劳，他从来不说"不"。一个诚实的，但同时又有点会找事儿的男人。

"你为什么要这么做？"我看着他的眼睛，他的眼睛又黑又小，眼袋很深。他浑身不自在，想着：这个女的非得来这儿搅扰我喝酒。

"你好像在等我。"

"你要断我电的话至少可以提醒我一下。"

我的愤怒因为他的冷漠而骤增。他为何不告知我？因为要在井中舀水，我的手布满沟壑。

"我们认识多少年了，塞巴斯蒂安？"

"我跟这件事没关系，信不信随你。"

"走吧，走吧，进去吧。"达米安轻轻推着我们的后背插话道，"有什么事进去聊。"

我们在里面坐好了，就在我们以前常聊天的角落，靠墙闲置着的长凳和低矮的板凳这里。易卜拉希玛也加入了我们。我看着马格尼亚的手，他的手被机器的油污弄脏了，再怎么洗也洗不干净。他再三发誓说被派去剪电线的不是他，应该是电力公司的人或者某个他们从省城请来的技工。我不知道是否该相信他。但是，不管怎样，跟我撒谎又有什么意义呢？如果双胞胎姐妹委托他拆掉设备，他又怎么否认得掉呢？以什么借口来否认？

"他们应该是为了不知道什么鬼计划，想增加接头那里的电量。"

"你还知道些什么？"

"迪奥尼西奥这里听一耳朵那里听一耳朵，但是也没搞清楚状况。那个可怜的家伙很担心。我跟他说了这就是人生，今天你高高在上，在拉斯布莱尼亚当头头儿，明天他们就让你卷铺盖滚蛋了。"马格尼亚摸着长满胡子的脸颊，继续说，"到底会不会建宾馆，造别墅，弄个采石场？问题是哈尔东家姐妹想把整个庄园都拿来赚钱。她们要的是真金白银。"

"那你们觉得无所谓吗？"

没有人回答我的问题。马格尼亚耸了耸肩，皱起了嘴巴。掘墓人笑了，对他来说那些变动并不会影响他的生计。易卜拉希玛像个傻子似的笑着。托马斯在吧台后观察着我们，就好像这和他没有关系。我必须一个人抵抗了，我会抵抗的。我会让斑大的发电机运转起来，这样可以不做个野人，这样可以继续浇灌我赖以生存的园子。我试着说服马格尼亚来帮我。

"好的，我会去看一眼的。"

"但是我没钱付给你。"

"那不是问题。"有那么一瞬间，马格尼亚的眼睛里闪烁着善意的光芒，"你家的艾梅特利亚在不好的年代帮助了很多我饿着肚子的家人。"

"艾梅特利亚是个好人。"掘墓人说，"你家还有橄榄树的时候，她送过我橄榄油。"

"但是发电机应该是别人的……"马格尼亚有些退缩。

"你别再招人烦了。它脏得不行了，废铁都要比它新点儿。"

"你可别给我惹麻烦。我不想有人看见我在磨坊附近转悠。等你把它运到埃尔阿楚艾罗了我再去见你。"马格尼亚喝了一口葡萄酒，继续说道，"你得抓紧。迪奥尼西奥听见她们说要把面粉厂整个推倒，厂房和棚屋都要拆了。"

这是问题所在，怎么把这大家伙拖到家里。我好像记得它有轮子，但是不确定。而且还得马上就去干。我想到了神父，想到了安德烈斯的咖啡机。我不认识任何其他有车且愿意帮助我的人了。我求托马斯给他打电话。马上打。

"发电机很费汽油的，安赫拉。"

"我能想办法对付。"

托马斯过来和我们坐在了一起。他又点了杯啤酒。他也有一辆破车，但是并没有主动提出帮我。他这个人有点懒。

"没接。神父没接电话。"

易卜拉希玛把手放在我的腿上。我透过裤子的布料感受到了他的热度。他的触摸让我重新振作起来。他说：

"你别担心，安吉。我们会想出办法来的。"

面包朝圣节

　　还未到正午，太阳就直直地落在了我的头上，虽然我后颈上绑着一块白手帕。我们大多数人都是步行上的山。开车或者骑骡子和马上去的人把坐骑留在了下面的小路上，留在了圣栎木火热的树荫下。光线如此刺眼，它照在教堂粉刷过的墙上，让我不得不眯起了眼睛。我几乎是在仪式快结束时才到达山顶，但我在一堆堆朝圣者中左右穿行，最后挤到了第一排，就在教堂的门边。这个教堂如此简朴，若不是因为屋顶下镶嵌在壁龛中的吊钟，它看上去简直像是神父的简陋居所。我沿途听闻，这个教堂只在四旬斋和今天——它所供奉的圣人日开放。我离开了人群。十步，十二步，足够近了，能让神父发现我的存在。我粗粗数了一下，大概有 200 个人，其中有艾尔撒罗布拉尔的居民，还有乡里其他村子的村民。我们村的我只看见了查诺的妹妹，但是我觉得她没认出我来。一些人拿着十字架和旗子，没见着几个孩子。事实上，虽然人口在减少，虽然孤独和贫困将这片土地的子女逐渐驱逐，就像风拖拽着坏种子一般，但是面包朝圣节仍能一年年地举办，这简直是个奇迹。他现在好像看见我了，现在看见了。我就在这里，安德烈斯神父，既然你躲着我，那么我就过来找你了。他戴着边缘饰有十字架的白色绶带，穿着自己的平民服饰，牛仔裤和绿格子衬衫。自上次见他后，他的头发长了好多。我一直都很喜欢安德烈斯的头发，强壮卷曲的鬈发。在仪式之前，他诵读了《申命记》中的片段。我听到他读着："你要谨守耶和华你神的诫命，遵行他的道，敬畏他；因为耶和华你神领你进入美地，那地有河、有泉、有源，从山谷中流出水来。那地有小麦、大麦、葡萄树、无花果树、石榴树、橄榄树和蜜。你在那地不缺食物，一无所缺。那地的石头是铁，山内可以挖铜。"瞎扯，我从来不相信你们的故事。不是土地的错。在你们的庇佑中，我们的父辈及父辈的父辈一生穷匮。他们生活在匮乏中，更别说采矿了。

现在神父手里拿着圣水掸洒器，一边往里面倒水，一边祝颂着装在他脚下塑料箱中备好了的面包。三个高高的栅格箱。我排在队伍中。分发面包的意义深远，据说从前只给穷人发放。是每一次百年不遇的饥荒、每一次病灾和瘟疫、每一次的不公造就了这个每年夏天都要举办的仪式。8月，他人的土地和谷物[1]，脱粒和辛勤劳作的结尾。我们在队伍中缓慢前行，为家人领取一个大面包。一些朝圣者捧着雏菊和野花，随后放置在教堂中。夹竹桃、

1　西班牙语中有一句谚语：En julio mi trigo y en agosto el de mi amigo。直译为7月吃我自己的小麦，8月吃我朋友的。意为有困难时应向他人寻求帮助。此处教堂分发面包即为他人的帮助。

白阿福花、鹰爪豆花、矢车菊。我的母亲教我通过名字来辨识它们。最后轮到我了。神父向我致意。我拿了面包。短暂的眼神交流，我们读懂了彼此的意思：他让我等他。

被日光刺痛的眼睛需要一些时间才能适应半昏暗的光线。教堂里的风依旧刺骨，但是至少我有火光的庇护。教堂小而美。屋顶的横梁未经雕琢，涂着石灰。圣女像被放置在两支蜡烛间的隔板上，一张铺着透明塑料布的桌子，五条教堂长凳，因为放不下更多凳子了。我坐在最靠近门的长凳上等待，我想我这一生除了等待便没有做其他事了。为什么神父躲着我？他没给托马斯回电话。他们说的是真的吗？他已经快二十天没来村子里了。

仍逗留在教堂里的最后一批教民们在圣像前下跪、画十字，然后离去。我看着球鞋的鞋尖，鞋子上盖着一层像滑石粉一样细的灰尘。我喝了一口背包里的水，从虚掩的门探身去看，朝圣者的人群已经变得稀疏。安德烈斯把箱子堆了起来，剩下了一些面包。他用手肘擦干了额头的汗水，看了看周围，过来了。他低着头走了进来。

"你怎么了，安德烈斯？"

"你说我能怎么样。"神父叹了口气，半个屁股坐在了长凳上。我坐在后面那张凳子上。

"村里传言说你要走了。"

"更准确地说是他们把我赶走了。"安德烈斯摸了摸下巴和脖子，捋了捋脖子上的皮，把头往后靠，"他们把我派到北边去，远离这片荒郊野外。我被流放了。"

我不知道自己是否听懂了刚刚听见的话。

"他们看我们走得太近了。"

"最近这几天可没有。我已经找了你两个礼拜了。"神父避开了目光。他知道，他当然知道了，我甚至在女司事特奥多拉那里给他留了张便条，但他没有一点回应。"我需要你把车借给我。"我说。

"他们编故事，说我俩到处打情骂俏。有人甚至信誓旦旦地说我俩是一对儿，说我带你去了省城。"

"他们看见我们了？"

"应该是吧。他们说我陪你去打胎。"

"打掉你的孩子？"

"我的或者是黑人的孩子，又有什么关系呢？问题是，据他们所说，是我，一个祭司，带你去的诊所。而且猜你是在我家养的身子。"

我从肺腑间激涌出一阵狂笑，笑得太厉害，以至于不得不请求他原谅。神父想挤出一个微笑，但是他的嘴角却刻着苦涩。他让我别在意，让我镇定。要是他被流放，准确地来说也不是因为我，而是他的布道被投诉到了主教那里。他们不能容忍他在布道台上谈论宗教独断专行，要尊重同性恋，也不能忍受他抨击狎童的神父及他们的包庇者。他们希望他只从事与宗教教义和慈善相关的工作，放弃他们所谓的政治图谋。他们也不喜欢他和年轻人聚在村子的酒吧里，不喜欢他和他们一起喝朗姆可乐，有时甚至喝到深更半夜。后天他就走了。他的那点行李已经够他忙的了。

安德烈斯看了看手表，双手放在腿上，挺直了后背，做出要起身的样子。他说他在拉斯弗拉瓜斯还有一场洗礼要做，如果我愿意的话，他就开车把我送到村子的路口那里。我同意了。我想，带着发电机长途跋涉的那天他和他的破车会在哪里呢？但是我没有说话。

我拿着两只空箱子，他拿着装着剩面包的那只。我们沉默地下坡。只听见我们的脚步声和烈日下嘈杂的蝉鸣。空地上只停着神父的标致车。我们放平了后排的座位，尽可能地将箱子塞进了后备厢和后排座位上。我坐在前面，像是坐在了地狱的入口。车上的杂物箱热得发烫。我转动着门把手，快速地摇开了车窗。我们开始行进在路上的坑洼和尘土间。

"你为什么不放弃呢？"

"放弃神职？"

安德烈斯紧紧盯着我。他的手紧握着方向盘，就好像抓着一匹纯种马的马笼头。

"56岁就走？你不知道自己在说什么。"

我知道这个话题会走向何处，但我还是说：

"我不贩卖我的自由。"

这句话就像一个真空玻璃罩般罩住了我们。

"他们付我700欧元，外加差旅费，还有免费的住宿。"

我不想继续这个话题了。一个弯道过后，我们遇见了6个挂着手杖往回走的教民。安德烈斯轻轻地按了按喇叭。他们抬手挥别。他也透过后视镜向他们道别，在那里，圣克里斯托瓦尔的钥匙环仍在晃动着。

"那你会去做什么？"

问得好，神父。我正等着呢。

"活着。反抗。"我不需要想太久来回答这个问题，我不想也不会做其他事，"他们得像拔洋葱般使劲才能将我踢出埃尔阿楚艾罗。"

"你走吧，拿着他们给你的钱走吧。你在巴塞罗那会更好，在任何一个城市都会更好。你现在身体还好，但是过几年就没那么容易了。"

神父停顿了一下，等待着那些道理能被我的头脑自动吸收。过了一会儿，他又补充道：

"我可以看看能不能通过省教区的大主教来帮你一把。在省城有一些专门提供给女性的分租公寓……"

"你去死吧，安德烈斯。你一点儿都不懂。"

我们继续前行了两公里，各自沉浸在自己的忧虑中。我只想着回家。

"抱歉。"我说，"我不应该这么和你说话。你不应该这么被我指责。"

"没关系。我们都正经历着困难时刻。"

已经看到村口的那些房子和加油站的招牌了。开过分岔路后没多远，安德烈斯开出了公路，拐进了一条土路里，我想可能是为了不妨碍别人通行，也是为了和我告别。一个水沟旁的庄重告别。我们走下车。他往腰上提了提裤子，打开了后备厢。他让我多拿点面包。背包里只装得下两个大面包。当他在北方安顿下来以后会通过托马斯把地址给我们的，也许在某个夏天会来看我们，谁知道呢。神父拥抱了我，我不情愿地让他抱着。祝你好运，他说。他钻进了车里，发动，开上了公路，掉头往拉斯弗拉瓜斯开去。我望着标致车红色的小点，看它在地平线上变得微小，直至消失不见。麦肯齐神父，那个在晚上没人看见时缝补袜子的神父，那个撰写无人倾听的布道词的神父。

我转身往家走，想到还没有把书还给他。我走在小径上，将村子甩在了身后。路两旁的岩蔷薇渗出黏稠的树脂，它们在无垠的旷野中是如此朴实坚忍。空气闻起来像烂熟了的蜂蜜的味道。在远处，日照使得草木丛的轮廓颤动着，似乎想要将它们化为火热模糊的胶状物。景物中时不时冒出一棵孤独的圣栎树，展现着它坚强的意志。绿色。绿色的巴旦杏树，绿色的月桂树，黄灰色，芥末黄，铁灰色，接近象牙色的珍珠母贝色。"我可能会疯掉的，色彩就是深渊。红色和蓝色哪个更浅？我不知道。"尼格尔的语句在我的记忆中烙下了印记。

所有人都选择了同一条路。所有男人都走了。周一，当我打扫房间的时候，扫帚扫出了一颗易卜拉希玛的纽扣。我是通过颜色知道是他的纽扣，绿色，我没有绿色的衣服。应该是他的迷彩裤上的，我猜是侧边袋上的其中一颗扣子。纽扣坏了，就像堂吉诃德的头盔一样有一个缺口，我将它存放在五斗柜中，那里放着对我来说重要的东西：尼格尔的本子、盛有我父亲骨灰的陶瓷罐、12号口径的子弹。男人们走了，而我成了他们的遗嘱执行人。我和易卜拉希玛不想以戏剧化的方式道别。他在一个清晨走了，为了赶上经过公路转弯处的大巴，像老鼠一般溜走了。我听见他在厨房翻东西的声音，他拔开门闩、突然关门的声音，但是我不想下去。我觉得这样挺好的。他在厨房的桌上留下了一张硬板纸，上面用无衬线字体写着"谢谢"，还放着在沼泽地房子那里赚来的工钱的一半。

他在走之前的几天帮我运来了斑大留在棚屋里的发电机。斑大刘麦的草帽，那顶他从来不摘的帽子，仍挂在墙上的钉子上，我为老头深感难过，他在养老院冰冷的世界中，在两个世界间的另一个世界，被镇静剂所驯服。我们在夜晚向磨坊靠近，如同狐狸走近了鸡圈。发电机的轮子滚得并不顺畅，我们为把它弄出老厂房而汗流浃背，我们走走停停，放松放松手臂，然后把它运到了一公里外的石桥这里，等待托马斯开车出现。我们也带走了那三个空桶。易卜拉希玛和马格尼亚一起拆了机器，擦去它的脏污锈斑，给活塞加了润滑油，竟成功让它运转了起来，是的，可以用了！有了光，家务琐事便变得可以忍受了，机器也没有我们想的那么费油。我省着用电，只把电用在水井的电泵和其他必需之处。我用冷水洗澡，也习惯了就着汽油灯的灯光阅读。我开始用大木箱做实验，应该有一种方法可以让食物在发电机不连续运转的情况下不化冻。关，开，关，开，直到找到时间和冷热的平衡。明天我就开始为冬天储藏西红柿。

我推开铁栅门，穿过院子，进了屋，把装着面包的背包放在了桌上，然后在厨房的水池中洗了把脸，用布擦干。我重回我的安宁之中，但是寂静中的一种虚空、一个空洞让我不安。狗。它们没像往常一样跑到栅栏这里迎接我。我回到院门口，在无花果的低枝间找了又找。我绕着房子找了一整圈。然后我又进了屋子，一个房间一个房间地找，我打开衣柜，在食橱里寻找。我很害怕，又走了出去。上尉——布鲁托——我对着空气喊着它们的名字。没有一点回应。我感到自己的脉搏在太阳穴跳动的轰鸣。我在棚屋里翻找，一直来到鸡圈和园子那儿，终于听到了一声呻吟，我辨认出了围墙后的布鲁托。我感到很奇怪，两只狗很少去那里，因为我的母亲训练过它们从房前的树丛进出。布鲁托！我惊异于它未立刻迈着它绅士的脚步走来。我又喊了一遍它的名字，它还是没过来。我用尽全力跳过了栅栏，我抓挠着手臂，跪在了它旁边。它的鼻子在流血，后腿因为神经的颤动而哆嗦着。它连赶苍蝇的力气都没有了。布鲁托，布鲁托，我轻喊着。当我把手放在它瘦小的头上时，它试图摇动尾巴，却连尾巴都抬不起来了。它用它小小的、有些水汪汪的眼睛看着我。我躺到了它身旁一遍遍地重复着它的名字，在我的抚摸中它终于艰难地站了起来。我们开始缓慢地走下陡坡。一路上，它的身体向左侧倾斜，时不时地停下来，就好像是找不到方向，或者不记得回家的路了。现在它瘸着腿偏离了路线，停在一丛蒲公英前。它轻咬树丛以清理肠胃。我相信它的直觉，任由它去吃，它马上便呕吐出了发黄的液体。

在终于穿过门厅之后，我让它在排烟口边躺下，在那里用旧毛巾和厨房抹布临时做了张床。我脱下上衣，把它垫在布鲁托的头下面，让它不用想念我的气味。上尉呢？上尉在哪里？

星期五

布鲁托没能挺过清晨。

昨晚我给它煮了一把米，它尝都没尝。我试着往它的牙齿间塞火腿，它也不吃。我不知道喂它吃什么，也不知道该怎么救它。我从床上扯下了床单，躺在了它旁边的厨房地上，搂着它，轻喊着它的名字，陪伴着它。我不知道我们这样过了几个小时。猎兔犬时不时地睁开它捕猎者的黄色眼睛看着我，求我不要离开它，不要放弃。在清晨的某一刻我应该睡着了，也就是打了个瞌睡，当我醒来的时候，布鲁托蓝色发肿的舌头伸在外面，已经咽气了，它的后腿浸在一摊带有血水的粪便中。我站了起来，去后厨拿了我仅剩的一点点木屑和有着纵横字谜的旧报纸，将它们放在了那摊东西上。我喝了一大杯红酒。愤怒让我哭不出来，咬自己的手的疼痛仍在。我独自一人托起了布鲁托，把它放到了藤架边的水池里。我用洗衣服的肥皂给它清洗了身体，用手指为它梳

173

理了毛发，然后把它平放在矮牵牛的花坛里，让风来吹干它。已经开始刮起狂风了，只有坏天气才会刮的狂风。上阁楼拿麻袋的时候，我听见瓦片敲打在房梁上噼啪作响，像一架疯狂的钢琴愤怒的敲击。我下了楼，继续喝酒。我的嘴巴向我要酒喝，要是我手边有其他更烈的东西更好。我想到了易卜拉希玛，我多么需要他在身边。我想象着他坐在长凳上，手肘支撑在大腿上，脸庞陷在打开的双手中，比我还要沮丧。我拿起了剪刀，在厨房的桌上剪掉了小麦面粉袋边的缝线，那是我父亲及我血脉的世代先人在埃尔阿楚艾罗种植，然后带去老磨坊打碎磨粉的小麦。而斑大就在磨坊，如同一只病恹恹的幼兔般被他们猎捕。

当我拿起棚屋里的锄头和铲子开始为布鲁托挖掘墓穴的时候，天已经亮了。坟在艾梅特利亚的洋李树下，仍在树荫下，但是离树干有两三步的距离，这样不会伤到树根。一些树根露在了外面，但仅仅是一些细小的根须，哪怕没有它们，这样的一棵老树也照样能够存活。我几乎花了两个小时一铲一铲地挖出了一个差不多一米半深的坑洞。我感觉好一些了。体力上的消耗能减轻精神上的痛苦，我不知道为什么，不知道这两样东西如何相互连通，但确实是这样的。我手掌上新磨出了茧子。最困难的是刚开始，当锄头的刀锋碰到石头的时候，但是后来逐渐出现了松散的土层，那就好挖了。

挖呀，挖呀，挖，在记忆的黏土中深入挖掘，就像有人在最下面的一层土中寻找泉水。挖我父亲埋藏的垃圾袋的人用上了扁铲和羊角锤，这些工具是马特乌先生藏在大衣的隔层里带上巴罗塔所在的山。他们也用上了手和指甲来挖。当两个男人就着手电筒的灯光蹲着翻土的时候——其中一人将手电咬在齿间——我的邻居木匠则给他们站岗放哨。我是在加利西亚人的酒吧认识这两个男人的，并非刻意结识，只听说过他俩在汽车厂工作，好的那个工厂。过往的回忆是个陷阱，记忆中的往事在头脑中一遍遍地持续重现，不停地变幻，但是现在，就在这一刻，我准确地记得就是这样：他们敲了门，当我母亲开门的时候，看见他们三个，马特乌先生和另外两个，各自胸前挎着背包挤在狭窄的楼梯平台上。那是我父亲下葬的两天前，我的哥哥嘉比还未出现。母亲还以为他们带来了哥哥的消息，请他们进了饭厅。天已经黑了，但是我们还没开始想晚餐的事情。马特乌几乎是贴着耳朵低声跟我母亲说了些什么，然后走到我旁边，我当时坐在桌旁，他跪了下来，用他鸟爪子般的残手抓住我的胳膊，严肃且专注地望着我，对我说："安赫拉，你记得你父亲带你去过巴罗塔的城堡那里吗？"我点点头。"你还记得你们埋了几个塑料袋，对不对？你是个聪明的女孩，你肯定知道该怎么找到它们。你得帮帮我们。"那时我并不太有方向感，但我相信自己的直觉，相信我脑海中描绘的地图和听觉的记忆：在那次与父亲的出行中，我尤其记得那嗡嗡声，那是高压电塔电线中千万安培舞动的声音。我的母亲请求马特乌先生注意安全，让我们尽早回来。

我们把街区最后几栋房子甩在了身后，穿过旷野中无主的土地时，我们遇到了一些从站台上下来的工人，他们从郊区工厂的接驳火车上下来，身上裹着雾气和疲惫，好似梦游者般在睡梦中行走。我们走过了废品回收厂的棚屋和院子，那里满是羊毛床垫、瓶子、灯具、旧铅管，我们继续往山上爬，来到了高压电塔处。在那里，两个男人在我指出的灌木丛下开始挖掘。那里闻起来有股尿液和湿羊毛的味道，湿冷阴险地穿过了衣服，我的牛角扣大衣就像硫酸纸一样单薄。虽然马特乌先生很紧张，但他们还是没花多长时间就找到了三个被垃圾袋包着的包裹，把它们挖了出来。其中一个在取出来的时候划开了一个口子，里面的一些纸倒了出来。我蹲下去捡起了其中一张，是呼吁组织罢工，要求汽车厂重新聘用被解雇工人的传单。我们四个马上把传单都捡了起来，塞进了背包里。我不知道是那个时候，在那一刻，还是后来我在脑海中反复回想，我自问为什么父亲要在那些年保管如此危险的东西，既然汽车厂不要他，烧瓷的炉子那里也赶他走。应该是后来，可能是的。但是埋传单的原因我当时就知道，或者至少说，我凭着直觉猜到了。我母亲求过他让他把那些袋子带走吗？她知道自己的男人在干什么吗？他到底参与了多少？我经常听到他们吵架，在那些争吵中我截取了一些片段、眼神，一些如今说得通的语句："你别不当回事，你会被卷进祸水里的。""他们会让你走投无路的。""成天搞政治，又能怎么样呢？""你今天也不出去找工作吗？"但是我不知道我母亲到底知道多少，也不知道她是否曾害怕过我父亲做这些事。没有人完全了解任何人。马特乌先生在山上与两个男人告别，然后他们便被黑暗所吞噬。我们继续下山。木匠把鞋上沾满泥土的我送回了家里。

　　为布鲁托挖完墓穴后，为了驱赶蚊蝇，避免野兽在夜晚循着气味挖出尸体，我往墓穴深处倒入了生石灰。我回到厨房，又喝了一杯红酒，然后拿起粗麻袋做的裹尸布，将猎兔犬已经冰冷的尸体包裹了起来，头露在外。我把它放进墓穴中，用剪麻袋的剪刀一缕一缕地剪下了自己的头发，我剪光了自己所有的头发，直到最后一缕，将它们与布鲁托一同埋葬。布鲁托喜欢我的头发，喜欢玩我披散下来的长发。我把一把把的泥土和一蓬蓬头发往它身上撒去。那时我开始放声大哭。我想念易卜拉希玛。要是他还在这里，要是他没有离开去采摘水果，他一定会手掌朝上望向天空，咏诵圣诗，他日后一定会用橄榄枝做一个栅栏围住墓穴。我不知道如何祷告。

　　我站在莲蓬头下冲凉。我洗了剃光的头，洗了身体。手臂，腋下，下身，双腿。泥土，粪便，汗液，鼻涕。我穿上干净的裤子和上衣，出门在家的周边搜寻。我一直走到了圣栎树的小径那里，然后往回走。我走进了农场主的荒地，但是什么都没找到。我只想验证我的猜想，验证这是否可能。在转了几圈以后，我在棚屋和栅栏间找到了正在寻找的东西，死亡的痕迹：两团已经发黑的生肉，两块带有灭鼠药的食饵，那是人们扔在山里用来毒狐狸和狼的，也被用来毒我的狗。

　　他们将我围困了起来。他们对你做了什么，上尉？不管你在哪里，坚持住。揭露唯一真相的时刻已经来临。

自埋葬猎兔犬后，我的身体里生出了一个从未更自我的自我。受一股冲动的驱使，我两级两级地跨着台阶上楼，来到了卧室。我打开胡桃木箱，拿开了毯子，欣赏着在那里躺着的那把老猎枪。从现在开始，猎枪会与我融为一体。双扳机，双枪筒。我要执行一个命令，第一个。遵从一个至今不知源自何处的明确指令：我要去找双胞胎姐妹。你们得到的还不够多吗，哈尔东家的？你们家的人抢走了我们埃尔阿楚艾罗的土地，强迫我们离开这里，你们砍掉了分界线上的杏树，断了我的电，想把我的房子抢走，而现在，竟然轮到了我的上尉？当我想到上尉可能逃走了，但又明白她们更可能已经杀了它，我胸口的空洞便蔓延开来。你到哪里去了，上尉？她们对你做了什么？耐心点。我在这里，我坐在圣栎树下试着喘过气来，萨拉斯可达猎枪靠在树干上。我来找你了。

我应该无法蒙着眼睛为老萨拉斯可达猎枪上膛，但是触觉也是有记忆的，子弹滑进了黄油一般顺滑的洞里。我的手指和掌丘上满是伤痕，但是不疼。我把五斗柜里的所有子弹都装进了背包，三盒子弹。我手中拿着上好膛的枪，就在这里，离拉斯布莱尼亚仅一步之遥。奔跑让我筋疲力尽，但是我现在已经准备好了。我站了起来，拍落了屁股上的泥土和枯叶。我双手拿着猎枪，从土路开始往庄园走去。要是有根皮带让我可以斜挎着枪会更舒服点。我走完了距离大房子院子的最后几米路。庄园比我想象中还要大很多。

我要演练一下，让哈尔东两姐妹知道我来了。我把枪托靠在胯部的凹陷处，开枪。后坐力几乎让我失去了平衡。第二枪打向天空。巨响投射在我耳朵的鼓膜，投射在中午沉闷的空气中。鸟群惊飞起来。向后扳动枪栓。我取出两个弹壳。它们冒着烟，但是我的手指已经没有知觉了。再来两发。咔嚓！我喜欢弹簧发出的声音。精确干脆的噼啪声，没有迟疑。火药火辣的气味让我兴奋。不知从哪儿来的指令让我现在朝着房子大门开枪，我照做了。出来，哈尔东家的！我双腿跨开，左腿在后，就像山羊脚般稳固坚毅。我朝门开枪。砰！我的硬骨头承受住了后坐力，但是没打中：霰弹打在了墙上，剥下了一块墙皮。要是我有一个支撑点搁着枪的话会更好。再试一次。现在好了，一枪中的。我朝着空气喊道：

"你们别躲起来，不要脸的！你们为什么给我的狗下毒？"

我左手握着锈迹斑驳的发热的枪管。当我准备转过枪来再装两颗子弹时，有人带着枷锁般的愤怒从后面抓住了我。我动弹不得。猎枪和我被锁在了钢铁般的挤压之中。

"冷静，安赫拉，冷静。"

是工头。我背对着他，看不见他的脸，但是我听出了他的声音，他那拳击手般的手臂，他的双手，他被田野刻下印记的指甲。

"放开我！"

"把枪给我，算我求你了。"他在我耳边轻声说，"给我吧，来吧，不然事情会变得更糟。你必输无疑。"

我放弃了。我打不过这个男人。我投降。我把萨拉斯可达猎枪交给了他。我转过身去。迪奥尼西奥像个疲惫的父亲一般看着我。他的锁眼眯缝了起来。

"你疯了吗？"

"是她们要把我弄疯。"

房子里有声音，插销和门锁打开的声音。她们刚才应该在某扇窗户那里偷偷看着我。而现在，当她们觉得安全的时候，两个城里来的男人走了出来，就是那种穿皮鞋的男人。紧跟着他们的就是双胞胎姐妹。因为我的枪被拿走了，她们现在敢来与我对峙了。

"我的上尉在哪里？"

我试图靠近她们，但是迪奥尼西奥拉着我的手臂阻止了我。他弄疼我了。

看看她们，就像两个金发的一脸苦相的贝蒂·戴维斯[1]。高高瘦瘦，若不是她们一个梳着低发髻，另一个戴着珍珠项链和配套的耳环，她俩几乎无法区分。她们保持着距离，离我大概五步远，被她们的城市大猎犬保护着。珍珠会带来厄运或是哭泣，我母亲这么说。

"如果你现在回去的话，我们不会去告你。"其中一个男人说道。他是律师还是管钱的那个？"你现在走的话，就当这儿什么都没发生过。"

"先把狗还给我。"

"什么狗？"戴珍珠的那个说。从她干枯的手以及双手的动

---

1 美国女演员，两度荣获奥斯卡最佳女主角奖。

作，可以看出家族的特质。

另一个姓哈尔东的，梳着发髻的那个，用一只手臂遮着肚子，好像在保护自己似的，另一只手捂住了嘴巴。她从头到脚地打量了我一番，从我剃光的头到我母亲的鞋子。

"你在笑什么，蠢货？"我说，迪奥尼西奥又抓住我，把我拉到他身上。他闻起来有股疲惫的雄性的气味，紧紧抓着我猎枪的枪杆。

管法律的那个男人，或者不管他是哪个，走到戴珍珠的女人旁边，在她耳边轻声说了些什么。

"你们想干什么？想让我和你们的哥哥胡里安一样上吊吗？又一场自杀。他们不是说自杀都是成对发生的吗？这就是你们想要的吗？"

"是你做了错事。"梳发髻的那个说，她现在已经不笑了。

"我们通过司法途径来处理你房子的问题。"那个律师还是谁说道，"土地已经不属于你了，这个房子随时可能倒塌。对了，我们已经申请精神病学报告了。"

真是浑蛋，他们真是做了不少功课。"她疯了，彻底疯了，生活已经不能自理，是个危险。"我们女人总是被这样攻击，拿情感作为要挟。我咽了咽口水说：

"没那么容易。"我看着自己的双脚，"这我可以跟你们保证。"

"好好考虑一下，把钱拿着吧。"现在戴珍珠的那个女的说，"要是你愿意的话，在养老院里会好很多。在那里你会得到照顾。你的生活质量会更高。"

"你们就是垃圾。你们的毒已经深入骨髓。"

我朝着她们站立的地上，为她们说的话啐了口痰。我开始往回走，咬着牙走向埃尔阿楚艾罗。还没走到百米开外时，我转过身去：迪奥尼西奥在路口监视着我的步伐，他手中握着猎枪，枪托拄在地上。

星期六、星期天

我用为狗剃毛的理发器给自己剃了头。整个头都剃了。整个头光滑得就像一只西瓜。头发马上就会齐齐整整地长出来。

当热浪消退时，我会爬上山峦。我需要在自己的影子前行走。

没有一滴雨水的干枯原野。曾有过一年如此严酷的干旱，母亲说，那时麦穗只有麦须，几乎没有谷粒，而消失在麦田中的艾梅特利亚用猎枪朝天空射击，试图扯碎过路的云彩。就是那把被抢走的猎枪。当贫困席卷埃尔阿楚艾罗的时候，家里的女人靠洗衣服和在河里敲打洗涤羊毛床垫来获取微薄的收入。我母亲是这么说的。

人可能死于孤独吗？

我必须恢复体力。昨天,与拉斯布莱尼亚的人对峙回来后,我杀了一只鸡,我斩断了它的头,就像我想对戴珍珠的那个女人做的那样。脖子上利落的一刀,咔嚓!我捆住了它的脚,把它倒挂在洋李树的树枝下放血。滴答,滴答,滴答。整个晚上都晾着。布鲁托就葬在脚下。尸体在土里多久会分解?现在我用开水烫鸡,炉子的火焰将它的羽毛烧焦,这样给它褪毛。要是上尉在的话,我会把嗉囊、鸡胗扔给它吃,鸡肝也给它。我每时每刻都在想它。当我从床上跳起时已看不到它了。它已不再贴过来寻求爱抚。当我拿着装满湿衣服的小盆穿过院子去晾衣服时,它也不再在我身后摇尾巴了。我在山间徒步时它也不陪着我了。什么都没有,它踪迹全无。

伦敦的雨向来是温驯固执的。天花板有一处漏雨了。锡盆在下面接着水。滴答,滴答,滴答。我记得曾经用一把刮刀刮掉过踢脚线上的霉斑。当尼格尔的家人停止每月给他打钱后,我们变得更穷了,但是他曾短暂地觉得自己有了进展。"当凡·高作画时,你能听见草生长的声音。"鞣皮者尼格尔的原话。在最初的最初,当尼格尔还每次付我现金时,有一次他把我赶出了工作室,因为上一个周日我去公园晒了太阳,把颧骨和额头晒伤了。那就不是同样的肤色、同样的色彩搭配、同样的光线了。在头三年里,尼格尔没有画过其他任何人。"把衣服脱光,别动,放开,放开自己。"在黄水仙间的安吉，扮成奥菲莉亚的安吉，披散着头发躺在浴缸里，安吉拿着一只羊腿摆着姿势。三天后，我们把它混着苹果泥在烤箱里烤了，大口吃掉了它。

"安吉，我还爱着你。你要记得那些我们一同哭泣过的夜晚。那些距我们咫尺之遥的梦好似都烟消云散。"一切都烟消云散。

我已经逐渐适应了发电机的噪声。我算了算，一升汽油差不多能发电两个小时。

在阁楼的墙上，从这头到那头，我用石灰浆一字一句地将神父借给我的最后一本书的开头抄了下来，用的是无衬线字体："我来科马拉是因为人们告诉我我父亲住在这里，一个叫佩德罗·巴拉莫的人。我母亲说的。我向她保证过，我会在她死了以后再过来找他。"我很喜欢。而我的情况正相反，我没有意识到自己来到村子里正是为了知道我的父亲是谁。我的母亲从未告诉过我。我也用填字谜的铅笔在墙上画了父亲的脸庞。

一个经典的上吊结是绕七圈的，但是每个人可以想绕几圈就几圈。圈数总是单数。我父亲用了窗帘绳。他绕了几圈？

你对生灵，对物品，对某些地方倾注了爱，然后你不知道拿你手中剩下的爱怎么办。它在你掌中燃烧。

现在距我 11 岁已经过去了 40 年 9 个月 23 天。他们不让我看尸体，也不带我去下葬仪式。我的母亲对我撒了谎，这是真的。我的母亲，那个如同谈论生者般谈论亡者的母亲。

我偶然又翻开了尼格尔的册子。我读着第一个注脚，在那里停住了目光："思考色彩的世界会让你发疯的。黑色和深紫色的区别如同大鼓和天巴鼓音色的差别。泰晤士河有多少种颜色？水怎么画？那是流动的光，并没有恒定的色彩。"

我不知道自己还是不是那个最初陪伴我自己的女人。

下午 5 点。时间变得很小，很小，好像缩水了一般。是那些习惯让每一天变得有意义。洗漱，做饭，阅读，在洗水池里刷裤子，将装番茄的陶罐煮沸、密封，散步，打扫鸡圈，为绣球花和大丽花浇水，在院子的沙土中泼水降温，采摘园子里结出的果实。西葫芦正当季。这是一种懂得感恩的植物，索取极少却慷慨施与。现在，在下午的炙热中，叶子在休眠。葡萄藤、荒野，就连无花果树也昏昏欲睡，它可通常是能在夏日的炙烤下毫发无伤的。这就是自由。我打开收音机。放到一半的埃里克·伯顿的歌跳了出来，别让我被误解。我尝了尝炖的菜，已经好了，炖软了的肉伴着它的汤汁。油、洋葱、月桂叶、时间。神父的面包硬得像块石头，但是没有其他面包了。我在平底锅里烤了一片面包，剩余的沾湿后给了母鸡。我关了火，盛了满满一盘，坐到了桌边。

"请不要让我被误解。"你不要误解我。生命应该力求简洁，却缠绕在误解中，缠绕在未尽之言中，在解决失当的错误之中。是我错了吗？是我盲目了吗？有时我问自己，尼格尔是否像我爱他那样爱我，但是这个念头没有答案，令我感伤。我更愿意相信他是爱我的。只有那份我得以付出的爱支撑着我，我住在他的光环中。我为什么走？为什么逃离伦敦？因为不这样他就会将我拖入河的最深处，和他一起。现在已经不重要了，现在一切都好。在这里我已经找到了怀念他的位置。

有人用指关节敲着门。会是谁？我起身。又响起了坚定的敲门声。

"谁？"

"是我，阿尔卡里奥，还有我的妹妹。"

皮草匠？是的，是他。我听出了他的声音。但他来干什么？

"来了。"

我开了一条门缝，半个身子探了出去。

"我很遗憾，马洛托。"皮草匠阿尔卡里奥眼睛盯着我的光头，结结巴巴地说着，"这件事发生在我家里，你不知道我有多难受。"

"发生什么事了？"

我把门打开。

"你的妹妹呢？让她进来。你不是说她跟你一起来的吗？"

我望向铁栅门，但是从这儿望不见那个寡妇。我挥挥手臂让皮草匠进来，但是他坚定地摇头拒绝了我。

"艾尔米尼亚被落在了后面，推着手推车……我们不知道怎么通知你，你现在又没电话。"

手推车？阿尔卡里奥放低了视线，望着靴子的鞋尖。他脏乱的头发与胡子连在了一起。他闻起来有股小羊羔的味道。

"发生什么事了？"

"你的狗，"他停顿了一下，双手摸了下脸庞，"出现在了我家里。"

"什么时候？"

"就现在，就在我们过来之前。"皮草匠又一次挪开了视线，"我发现它浮在水池里。"

我的上尉，淹死了？我的混种狗可是会游泳的。

我冲向了铁栅门，阿尔卡里奥跟在我后面。我打开栏杆，它就在那里：死了，四肢弯曲着，蜷缩在胸前，这样它就刚好陷在手推车的槽口中。我跪倒在地上。寡妇往后退了两步，低着头。她穿着橡胶拖鞋从沼泽地那里过来。

我抚摸着狗的额头。冰冷。它的眼中有一层白膜，肚皮肿胀，好像马上要生一大窝小狗似的，嘴唇那里有一块像是干掉的血痂。寡妇向我走了过来，伸手抚摸着我光溜溜的后颈。我晃了晃脖子拒绝了她的触碰，我不想让她碰我。

"阿尔卡里奥，是谁干的？"

我看着他，他看着我。我们的脉搏在寂静中跳动，眼睛在下午的日光下如同飞溅的火星。

"要是让我知道你和这件事有什么关系，我发誓我会杀了你，哪怕杀了你以后我自己也去死。"

从我口中发出的声音毫无犹疑。

"要是我干的，我还会从沼泽地那儿一路把它拉过来吗？"

阿尔卡里奥侧了一下脑袋，用大拇指指了指他背后的土路，他们是从那儿沿着车辙推着车，蹚着路上的石子过来的。

这正是让我不明白的地方。沼泽地的房子离这儿足足有两公里远，上尉从不离开家这么远。

艾尔米尼亚把双手放到胸前，咬着下唇。我起身，又看了看上尉，看了看它脚上的肉垫。

"是双胞胎派人干的吗，阿尔卡里奥？要是你知道些什么就告诉我。"

皮草匠闭上眼睛，耸了耸肩。

"不管是谁干的，我会杀了他。杀了迪奥尼西奥，或者不管哪个人。"

"迪奥尼西奥？"阿尔卡里奥冷笑了一下，露出掉了牙的牙床，他的牙龈今天很红，"迪奥尼西奥这个障碍也被她们清理掉了。她们把他赶出了庄园。昨天晚上她们让他从拉斯布莱尼亚收拾箱子滚蛋了。"

哈尔东家那两个女的已经不需要他了。我们这些没用的摆设她们都不需要。心眼可真坏。

"那村里的人怎么说呢？"我看着寡妇问道，她比他哥哥更善于和人交流，"大家都无动于衷吗？连个手指头都不动吗？她们会让山里遍地都是旅游大巴的。"

"据我所知，大家虽然内心深处感到害怕，但是都按兵不动，想看看会发生什么。"艾尔米尼亚回答道，一束日光让她感到刺眼，她弯起手臂挡住光线，"没有人信得过双胞胎姐妹，但是他们什么也不去做。很少有人说卖得好，对村子有好处，会来钱，也许能吸引年轻人过来。"

阿尔卡里奥仰头大笑起来。他裤腰上系着一条绳子。

"你笑什么，傻子？确实有人这么说。"艾尔米尼亚双手交叉在胸口下方。

"她们俩只想要钱：她们那份钱。"皮草匠解释道，然后他看了我一眼，又说，"这样的事一直在发生。"他说得好像我家狗的死亡只是一场意外罢了。

"但是诱饵下在我的地里，阿尔卡里奥。"

"你别再想了……应该是这可怜的狗想喝水，它靠近了水池，淹死在了池子里。"

我想我应该相信他——他们抓住了它，把它带走，想杀了它，但是它逃脱了。或者更有可能的是，上尉吞食了带有鼠药的诱饵，比猎兔犬吃得少，走路时找不到方向了，口渴的它已经奄奄一息，掉进了池子里。就是那个易卜拉希玛曾经用来清洗水垢的水池。

我已经哭不出来了，也不想哭了。我的上尉，它也淹死了吗？

"帮我个忙，阿尔卡里奥。"

"什么都可以，安赫拉。说吧。"

"帮我把它带到棚屋那里去。"

皮草匠往手里吐了口唾沫，搓了搓双手，抓住了推车的把手往前推。我们穿过院子拐过水井。我们走在通往鸡圈和园子的狭窄的小路上。我为送葬的队伍开路，艾尔米尼亚穿着宝蓝色的吊带睡裙走在最后。轮子的吱嘎声。我们无精打采的脚步声。马蜂在玫瑰丛中的嗡嗡声。我推开棚屋的门，打开冷冻箱。为了腾出空间，我把前几日冷冻起来的装豆子的口袋堆在一个角落里。我又走了出去，抓住上尉的前腿，把它的头靠在我的胸口。

"帮我一下，阿尔卡里奥。"

皮草匠照做了。他抓住狗的尾巴和两条后腿。

"小心。"我提醒他。

我用胯部顶开了门。

"你要把它放进冷冻箱里？"

"当然了。天太热了。"

寡妇惊讶地用一只手捂住了嘴巴。她在门口逆光下的剪影里惊惧地看着我。我吓到她了。我在冰的蓝光下看了上尉两秒钟。你在这里会好的，我的宝贝。我一边看着它，一边盖上了盖子。

"我很遗憾，安赫拉。"艾尔米尼亚想来拥抱我。我的动作让她打消了这个念头。

"好了，好了。"皮草匠说，"走吧，我们回家吧。"

我向他们道了谢。我只想让他们走。

我的上尉，它也淹死了吗？

"尼格尔·谭尔。39岁，艺术家，1.77米。高加索男性，营养状况良好。浅栗色细发，有零星白发。蓝灰色眼睛。新长的胡子。健壮，肌肉型体型。原生牙。牙间有填充，一个人工牙冠。白色上衣，灰色、带有颜料斑点的开衫，藏青色布外套，同色灯芯绒裤，绿色袜子，黑色鞋带的靴子。左手腕戴皮编手环。"

我甚至爱他衣服上的味道。

泰晤士警察的报告继续写道，一开始，他的尸体被错认成了布片和树枝的混合物。一个路人在南岸罗瑟希德区远远望见一团东西在拉萨尔港的水中漂浮着，通知了巡逻队。尼格尔用浅咖啡色的包装胶带绑住了脚踝，没有绑得很紧——在跳入水中之前他需要走几步路——但确实是有意为之，他交叉着缠绕了几圈，这样能扎得更结实。他呼吸的最后一丝空气应该带着水藻和沥青的味道。

我曾多少次想到过尼格尔的自杀？我又重构了多少次那个场景？他是几点做出的决定？为什么选择溺亡？他考虑过海浪的高度吗？抑或是死亡在即兴发挥？我面前浮现他在报纸上查找涨潮时间的样子。他是清晨出门的吗？也许他直接从瓶里喝了最后一口尊美醇威士忌来暖暖身子壮胆。他系上了大衣的扣子，大衣口袋里装满了硬币、混凝土块、石头、鹅卵石、螺帽、生锈的钉子，这些都是他在街区，还有其他被偷走的城市片区步行时捡起来珍藏的辎重。他从后门出去，那里有一间淋浴室和一座杂草丛生的花园，还有一条废弃的铁路。他从围栏和后院出发，沿着被铁锈啃食的铁轨前行。正下着一场细雨，或者正要下一场细雨，我很确信。伦敦细微的雨。他拐进巷子，越过灰色的围墙和窗户被封死的棚子，来到了防波堤，走到废弃的船坞，这里空空如也。他选择了哪个角落？他也许走下了沃平区的旧楼梯，水流循着台阶淌下，直到河水的锡熨斗将它熨平。他不假思索，也未作停留，就像是要钻进被子休息一样笃定。抑或他逆着河流，一直走到了钟楼大桥，甚至更远处，到城中，以便从高处纵身入水。无所谓了。或者有所谓？警察说，许多自杀者选择了滑铁卢桥。这应该不是一场甜蜜的死亡。要是从高空摔落没有致其死亡，本能会迫使双肺奋力呼吸，在绝望中将肺叶充满水，就像蹦到岸上的鱼用力鼓动鱼鳃。淹死的时候疼吗？尸体腐蚀时会疼吗？水变成了尸体的形状，支气管和胃的形状。头朝下，像一根树干一样随波逐流，河流将他冲到下游，他任由浮冰轻摇着自己。寻找的结局，艺术家绝望的结束。六七分钟足够让心脏因寒冷而停止运转。

是他的朋友保尔打电话到酒吧通知了我。我们俩陪着尼格尔的妹妹和警察去开了工作室的门。没有人有钥匙。当门被强行打开后，一股腐肉的味道冲我们的鼻子袭来。胃一阵痉挛，我用毛衣盖住了鼻子，甚至连警察都不得不用手帕遮住鼻子。尼格尔从市场里买了半只小羊羔，它已经腐烂了，遍布蝇蛆。他当时应该就在做这个，观察腐烂的过程，观察尸体在分解之前所要经历的阶段：柔软、坚硬、干燥、多孔、干裂、褶皱、腐烂。尤其是分解激发出的肉的色彩：紫色、蓝色、绿色。画室闻起来有一股死亡和松节油混合的甜味。在厨房的大理石上，我在一个汤盘中发现了还可以用的混合油彩。我就是在那时偷了那个本子的。我没想太多，动作迅捷地将它藏在毛衣下面。没人注意到。

我背着一整袋路上捡来的石子穿过了杨树林，来到了村子入口。我走路时像是被弹簧驱动，遵从着不知源自何处的指令，在光线斑驳的炙热的树荫下前行。我来到萨利特雷广场，喝了一口泉水，喊道：

"哈尔东家付了你们多少钱？"

我声音中的坚定吓了我自己一跳。

"你们谁毒死了我的狗？出来，从你们的贼窝里出来！它们有什么错？"

我在马约尔街遇到了阿德里亚诺，他和自己的哥哥合开了一家面包房。

"喂，你！你知道谁杀了我的上尉吗？是谁放的诱饵，你知道吗？"

做面包的停了一下。耸了耸肩。我抬起手，朝他扔了一块石头，扔在了他的手臂上。他惊恐万状地逃走了，跌跌撞撞地边跑边往后看，钻进了他碰到的第一个开着的门里。我又喊道：

"难道你们没发现吗？她们就在你们鼻子底下抢你们的钱！联排别墅和游客，你们会懂的，到时就会懂的。窝囊废！哈尔东家把你们当傻子在利用。"

我往前走，在阿尔贝琴街拐了弯。窗帘被拉上了，一扇百叶窗被迅速关上，我往前走着，气窗也陆续关上了。他们已经不再交头接耳了。他们已经不看我的脚，也不看我的大鞋子了。我已经听不到他们的笑声，也听不见他们的咒骂声了。马洛托来了，埃尔阿楚艾罗的疯婆子，我没喝醉，现在还没醉。我把头发剪了，你们看见了吗？我知道有人从阁楼的排水孔那里看我。我下山来找你们了，你们开心了吗？我来到了教堂的广场，此时广场不见一个人影。

"特奥多拉，出来！"我喊道。

我朝女司事的阳台扔了一颗石头。没击中。我又试了一次。这次打中了，玻璃雨落在了石板路上。

"骗子，把头伸出来！你搬弄是非，赶走了神父。"

我朝着托马斯酒馆所在的马路走去。水不够我解渴。金属帘子后面的门是关着的。我用门环敲门，金属撞击金属。一下，两下，三下。村子里没有一点声音，只有寂静中门环的撞击声。

"开门，托马斯，是我！"

我在木头上踢了一脚，又用鞋跟踢了一脚。我用鞋跟踢得更重。门上一阵金属的窸窣声。

"嘘，你别喊！"

是托马斯，他从阳台上对我说道。他双手抓着铁栏杆，眼睛盯着胡同尽头，以防有人过来。

"给我开门！"

"我马上下去。"他用双手手掌做出往外推的动作，好像我正在走路，而他想要阻止我前行，"冷静。无论如何，冷静。"

我把手臂靠在墙上，前额靠在手臂上。我的嘴巴干得快冒火了。我听到门闩在地板瓷砖上的撞击声。门锁和插销打开的声音。钥匙转动的轻咬声。托马斯拉着我的手臂，把我拽进了屋里。

"能告诉我你怎么了吗？"

我信任他，在黑暗中跟着他。托马斯没把酒吧的灯打开。我辨认出了熟悉的味道，潮湿和变淡了的啤酒的味道。斑大的狗的叫声扑面而来。

"古拉，美妞，过来。某个可悲的家伙把你母亲杀了。"

我跪下来抚摸它。狗舔了舔我的手和脸。它嗅嗅我，我拥抱了它。

"但是，你怎么成了这个鬼样子？"

托马斯打开了日光灯，目不转睛地盯着我，我想是因为我发亮的光头。我不知道自己什么样子，我已经好几天没在镜子里看自己瘦削的脸庞了。

"他们给我的狗下了毒。"

我起身。在尽头的门洞那里，托马斯的母亲拄着拐杖看着我。我已经好几年没见过她了。她不出门，我们在酒吧聊天的时候她也不下来。她已年迈，皮肤苍白，像一把锉刀般瘦削。我不知道是因为听见下毒这个词还是因为看见我这个样子，她画了个十字。虽然天气闷热，但她裹紧了肩膀上的披巾。老人总是感觉冷。

"过来，把这个喝了。"

我走到吧台那里，狗贴在我的小腿肚边。托马斯在直身杯中给我倒了四指高的珍宝威士忌。没有加冰。我喝了一大口，现在感觉舒服了。酒让我的双眼不再模糊。

"托马斯，要是你们随她们去的话，这两个哈尔东家的女人会把村子给毁了的。"我在他对面的板凳上坐下，说道。

托马斯叹了口气。他今天尝试性地梳了一根直辫子。他摸了摸眉心。

"孩子们，你们饿吗？"托马斯的母亲问道。

"不饿，非常感谢，太太。"

"炖菜还热着呢。"她边说边跛着脚上了楼梯。

"我等会儿去吃，妈妈。"

托马斯看着我说：

"以后的事以后再说。现在最重要的是你得冷静下来。你把威士忌喝了，我开车送你回去，就当散个步。"

托马斯知道我说得对。他们也必须抗争。

"古拉跟我回去。"我说，"可以吗？"

"狗吗？你带回去吧。它是你的了。"

星期一

今天早上，大概7点的样子，当我正在栅栏旁砍大丽花时，一辆开往拉斯布莱尼亚的黑色豪车引起了我的注意，因为时间太早了。过了好一会儿，一队国民警卫队的巡逻车也跟了上来，圣栎树的小径全是嗡嗡的马达声。然后，又开来一辆村子里不常见的豪车。现在已经11点了，还没有车开出来，警车和黑色的车都没开出来。

在烈日中生存的大丽花十分美丽。深紫色的花，淡紫色的花瓣尖，姜黄色的花蕊。我打开冷冻箱的盖子。我看着上尉。它在休息，熟睡着，好似它的生活无恙，好似我们还像从前一样马上要小跑着上山去。它的睫毛和鼻毛已经开始结霜。这个发明是成功的。虽然发电机一整晚都是关着的，但是它的身体仍保持冷冻状态。我把大丽花放进了箱子里，放在它身体周围，包裹着它。

只要有花，我就会给它带去。没有花的时候，我就会给它做月桂和橄榄枝的花环。古拉，它那被扔下的孩子，一刻也不离我左右，现在它抬起爪子想要探寻冷冻箱里的东西。它来的时候身上带来了磨坊的跳蚤。后背上，脖子上，脚趾间。耳朵上的应该被托马斯除掉了。我给它戴上了它母亲的项圈。我不得不给它的扣袢往里扣了两个孔。它比上尉瘦得多，体质更弱，也更胆小。

清晨时我能听到低语声，在这些墙间说话的回声，这些拯救了我的生命但是我和我的家人马上就要失去的老墙。马洛托家的人太喜欢打牌，太喜欢女人和酒了。房子是有记忆的。有时，逝者会嬉笑。

艾梅特利亚说，在如此的干旱过后，我们会迎来一个严酷的寒冬。河流和橄榄果都会结冰。要是迪奥尼西奥已经不在了的话，我不知道哪里还会需要我去捡拾打枝时掉落在网外的果子。然后，在旱季过后，我们会被雨水淹没，她说。现在不见踪影的暴风雨到时会突袭大地。下雨的时候，沼泽地独占一隅，周边的土地陷入泥沼之中。我在托马斯的酒吧听皮草匠说，有一次，在连下了三天的暴雨后，他的一头驴陷入了泥潭。虽然马格尼亚——或者我也不记得到底是谁了——带着一头骡子和两根绳子从家里赶来，却怎么也没能把它救出来。淤泥吞噬了它。

我走到了院子里。阳光还未最烈。膝头放着尼格尔的本子，我坐在洋李树的树荫下，时不时看两眼草稿，再看一眼铁栅门和圣栎树的小径。车还没开下山来，山上那边有什么事发生了。我读着用清爽利落的钢笔字写就的段落："在《手提歌利亚头的大卫》这幅画中（我是和保尔在罗马博尔盖塞美术馆看到的），卡拉瓦乔画的是他自己，画家的头被砍下，英雄抓着头发拿在手中。他半张着的嘴、黑色的牙齿、眼袋、刻在眉间的绝望……当一个艺术家画自画像时，灌注的正是对自己的看法。"逃离前不久的一天，我在工作室发现了一幅尼格尔的自画像，被带有颜料污渍的床单遮着，隐藏在其他未完成的画布间，面朝墙放着。我被自己所看到的画面吓到了。

昨天，托马斯把我送回家以后，我吃了一点炖母鸡，睡了一会儿，自慰，然后阅读。我整个下午都在床上，任由时间和我的大脑来理清思绪。我下面再没有流过血。今天我不出门，每个感官都保持着警觉。

当心。两辆金属灰色的小货车在房前停了下来。从第一辆车上下来一个穿着深蓝色裤子和夹克衫的男人，看上去像是制服。他手里拿着一些文件。该死。不会是来赶我的人吧？他透过铁门的栏杆望进来。他发现门是开着的，推开了门。古拉猛地朝着入侵者狂吠起来，我起身，来到了门口。男人骤然停下了脚步。他四十来岁，时不时怀疑地看看我。他看看文件，看看房子的外墙，好像在寻找门牌号码或是某一个参照物，然后又看看我的脸。

"早上好。有什么可以帮您的吗？"

现在我走近些了，能看到车身上印着的字了：是两辆法院的车，法医服务。我松了一口气。

"这是拉斯布莱尼亚庄园的房子吗，女士？"

他叫我女士，我不自觉地攥紧了拳头。它们自己就握了起来。

"不是这里，但是你们走对了方向。"

我和那个男人穿过了铁栅门，狗跟在我的身后。我伸出手臂，指了指贴着荒野边缘的小路。

"您看见那些灌木丛了吗？"

"看见了。"

法院的工作人员手挡在额前，望着我指的方向。

"从这里看不清楚，但是到了圣栎树那边后您就可以看到一条往右拐弯的小路。"穿制服的男人点点头，"您从那儿走，直走上坡，别开到其他路上。大概再有个两公里半就能到那幢庄园了。路不好走，但是只有这一条，不会走错。小心车的底盘。"

"谢谢，不好意思打扰了。"

下一次就是来找我的了。我这样想着，但是没有说话。

"发生什么了？"我鼓起勇气问。

男人扬了扬眉毛，看着我说：

"死了个人。"

"在拉斯布莱尼亚？谁死了？"

"其他的我也不知道，女士。"他一边说一边上了车，"我们只是被派来收尸的。"

两辆车在土路上开远了，扬起了一阵尘灰。一个死人？又死了一个？村子里知道这事儿吗？我觉得应该不知道。我拿起了背包和易卜拉希玛的帽子，灌满了一瓶水，上了路。走，古拉。会发生什么呢？双胞胎姐妹带来了毁灭。

我走到栎树丛这里，还没拐进小路时，对面开来了一辆车。我停了下来。是国民警卫队。我就像个稻草人一样交叉着双臂，两只脚分别踩在两条车辙上，杵在路中央。我朝他们挥着手，就像海难中的幸存者在荒岛上远远望见轮船时会做的一样。他们放慢了速度，按了好几次喇叭。我扯着项圈拉住了狗。在这儿别动。我站到了一边，他们自顾自开了过去。不。他们在前面几米远处把车停了下来，停在了小路上有树荫的拐弯处。上面的人下来了，是两个国民警卫队的警察。

"哎，你，你去哪里？"年纪大一点的那个警察问我，他大肚子，白头发，比我年纪要大一些。

他们走了过来。

"你是埃尔阿楚艾罗的那个，是吗？"

我点点头。我认出了他们，他们也认出了我，就在艾尔萨洛布拉尔军营，那个长夜我们等待法官前来，把胡里安从胡桃树上解下来。年长一些的警察朝我笑了笑。他的眼神亲切和蔼。

"你现在别去惹麻烦。"

"我只是想维护自己的利益。"

"你别上去。"他说，"山上的人越少越好。他们已经在清人了。"

"但是，出什么事了？法院的人说死了个人。"

年轻的那个闭上了眼睛，伸手擦了擦脸上的汗。他看上去很疲惫，应该还没满 30 岁。

"你认识庄园的包工头吗？"头头儿掏出了一包金色烟丝的香烟递给我。我拿了一根烟。年轻的那个不抽烟。

"迪奥尼西奥？我当然认识了。他们不是把他辞退了吗？"

他把火递给我。我双手围着火苗。

"出什么事了？"

"今天早晨，那个迪奥尼西奥拿着猎枪闯进了房子里，他把枪杆塞进嘴里，当着庄园主人们的面开了枪。老爷太太们当时正在餐厅里用早餐。"

但是，你干了什么，迪奥尼西奥？该死！我的猎枪。

"简直惨不忍睹。"年轻警察说道，"连墙上都有血。"

我眼前浮现出他风吹日晒的脸，浮现出这个砍杏树时不敢直视我的男人，浮现出厨房桌上鹰嘴豆色的信封。

"小心点行事。"年长一点的警察说。他深吸了一口烟，望着他们走过的下坡路："这事儿还不知道会怎么收场呢。"

我知道他此时正回忆着我们在山间空地等待法官一行人过来时的每一分钟。清晨的寒冷。在等待时抽掉的烟。我们谈论的话题。谈论着这些田野，谈论一桩桩的自杀，谈论哈尔东家，谁知道他们怎么那么有钱。谈论胡里安先生悬挂在胡桃树上的尸体。他酒红色的双手。

"在工头的尸体旁边，我们发现了一份关于房子的公证书和庄园的平面图。"年轻的那个说。

迪奥尼西奥在跟双胞胎姐妹讨要什么？

年长的那个头头儿把手搭在他的肩膀上说：

"走了，走吧，我们说得太多了。"

海

现在我的脑中只有光。

古拉和我所有死去的亲人陪伴着我。艾梅特利亚身着黑色衣服，后颈处盘着用发卡固定住的白色发髻。我的哥哥嘉比微笑着，露出尚完好的牙齿，有着 17 岁少年的活力。我的父亲将衬衫系到最上面那颗扣子，窗帘绳就是在那里拥抱了他的脖子，无瑕的白色衬衫，就好像今天是周日，他正要下楼去加利西亚人的酒吧喝酒。还有我的母亲，她张开了双臂来拥抱我，双手因为刷洗而发红。上尉和猎兔犬，肌肉健壮，双眼闪耀着生命的光芒。尼格尔，湿着头发，带有斑斑点点的颜料的开衫也湿漉漉的，袖口长及指关节，遮住捧着茶杯取暖的蓝色双手，沉浸于他的寻找中。包工头迪奥尼西奥，他的上颚还是完好的，在寒冷的早晨，他去地里为橄榄树打枝。还有胡里安，带着腼腆的笑容，经过我家时按着路虎车的喇叭，亲手定下走向死亡的倒计时。

从我做了那件事以后已经过去了一个星期，他们还没把我抓起来。从那时起我就马不停蹄地赶路，仅在必要时停下来休息一下，躲在树丛间打个瞌睡，或藏身于田野间的茅屋中，揉揉脚，以减轻脚后跟的疼痛，然后吃一个夹肉面包来恢复体力。古拉顺从于一切安排。

　　我在出走之前把母鸡下的所有鸡蛋都煮了，在背包和另一个袋子里装满了食物，金枪鱼罐头、杏仁、无花果干、两块巧克力、一串香肠、一罐煮好的鹰嘴豆。除此之外，当夜幕降临时，我在菜园里能偷则偷。他们会来抓我吗？他们会发现是我吗？我已经不在乎了。我只追随自己的冲动，为我的狗报仇，为艾梅特利亚和我父亲的回忆讨回公道，弥补迪奥尼西奥卑贱的梦想。胡里安承诺过你什么？我猜他想让你在拉斯布莱尼亚终老，就在院子旁的小屋子里，躲在这个世界之外，在睡梦中抚慰自己。他们想剥夺你的尊严，迪奥尼西奥，但是我来负责完成你已经开始的工作。

　　天还未亮，我打开鸡圈的格栅，我赶着鸡让它们跑起来，但是它们也没跑太远。我洗漱完，吃了丰富的早餐：肉、炸土豆、两半番茄，铺了床，在我的枕头下放了一朵大丽花，那曾经是艾梅特利亚的床。我准备了上路的包裹，与上尉冰冻的尸体道了别，拔掉了冷冻柜的电源，把棚屋里所有需要的东西都带上了：剪枝的手套、斧头、两罐煤气、一叠旧报纸。

　　我用上了堆在房子后面的木桩，那是一大堆柴火，比我还高一点。然后我把易卜拉帮我放进棚屋里的杏树枝拿了出来，把它们均匀地铺在了房子外围。这几个星期太热了，太阳把树枝都晒干了，我几乎不需要用斧头砍，树枝轻易就折断了，发出核桃破裂的声响。我点燃了火堆，然后带着第二罐煤气往拉斯布莱尼亚走去。古拉跟着我。当我回头看的时候，火苗已经在舔舐上面那层楼的窗户了。边界线上的杏树是如何愤怒固执地燃烧着，把血和羞辱都变成了跃动的火焰。风延展着火焰，它让父亲如此惊惧，这次却站在了我这边。我重新上路，想象着那些东西如何在我身后燃烧：胡桃木箱子、五斗柜、父亲的骨灰、尼格尔的本子、园子的苇帘、装着番茄的罐子、我的衣服、葡萄藤、艾梅特利亚的洋李树。我就穿着身上的衣服出发了：我最新的牛仔裤和一件蓝色的长袖衬衫，还在背包里又塞了一条内裤、一件羊毛外套和几双袜子。这些衣服用来对付山间的寒夜正好合适。

我在去往拉斯布莱尼亚的小路的拐弯处停了下来，戴着手套又准备了一大堆柴火。那时埃尔阿楚艾罗的火焰已经蔓延到了庄园的荒地上，并逐渐追上了我们的步伐。我从未想过岩蔷薇和迷迭香会燃烧得如此迅速，也没想到它们散发出的烟火味闻起来会如此芬芳，有着蜂蜜和香料的味道。我不得不加快了速度。我把那桶汽油倒在了干枯的椰枣树和枯叶上，在各处撒匀，尽量不让汽油溅到我的衣服上。我将几张旧报纸拧成了一股，用打火机点燃了火把，将它扔向了木头堆，然后向后退了两大步。蓝色的火光爆炸开来，火焰立刻升腾而起。古拉在我前面撒腿就跑。

我们朝着河的上游跑去，停在一个仍属于哈尔东家的老炭窑前，我转过身去，火焰已经吞噬了低矮的圣栎木丛，正在舔舐着环绕拉斯布莱尼亚庄园的松树。没人看到我们，我几乎可以肯定。我想到了双胞胎姐妹。她们还在她们舒服的床上睡觉吗？她们会从哪儿逃跑？我想象她们穿着白色的睡袍，头发在火焰中燃烧。我继续跑着，不记得我们多久后才跑到了山脚下，但是我不得不停下来歇歇。古拉回过来，贴在了我的腿边。我又朝后望去，是的，现在是的，我看着老爷和太太们的房子在火焰中燃烧。刺眼的黄色、耀眼的橙色、蜂蜜色、血红色、墨黑色。火焰是催眠的。

为了不经过村子，尽可能地远离乡道，我绕了很大一个圈子，走上了往南方去的路。我身后大火的声音吞噬了山间所有的声响。那是野兽的咆哮，是一种持续且盲目的低诉，其间夹杂着更为尖锐的噼啪声，如同叹息，那些在炽热中被毁灭的茎秆和可燃的树叶，那些橡木果，那些凶残的木炭，那些煅烧的树枝。刺菜蓟干枯的花头在燃烧。庄稼茬闪耀着几乎白色的光芒。岩蔷薇吐出了种子和烧成炭火的树脂。一阵阵的风拖曳着如同萤火虫般的火星。我不时停下来欣赏着火焰，我很确定，在这片覆盖着肥沃的白色灰烬的田野中，生命会再次发芽。一股烟从我的房子升至清晨的天空，一股厚重的浓烟。火是真理。

在走了七天以后，现在我靠在一棵野橄榄树上，从山丘俯瞰大海。治愈一切的大海沐浴在日落时分的橙色光芒中。山丘在沙茅草和小雏菊丛间延伸至荒芜的海滩。一阵闻起来带有甘草味的微风吹起。从山上往下望去，有一团东西像是一个翻了身的船壳。夜幕降临时，我会和古拉下山，躲在那里睡觉。我不知道他们会不会抓住我，但这已不重要。我知道会有更多春天来临。

译后记

　　奥尔加·梅丽诺以对自杀的追寻为切口，为我们呈现了一部层次丰富的社会、人文小说，除了对集群自杀的探寻，还关注了西班牙人口迁移造成的乡村凋敝现象，关注西班牙社会现状和社会底层的挣扎。她并不是一个从一开始就一吐为快的倾诉者。她会为你准备好舒适的扶手椅，为你调试恰到好处的灯光，铺垫好温暖的背景，放着轻松的音乐，跟你谈论着这天的光线，谈论着某个熟识的友人，然后当你卸下防备，正准备享受这持久的惬意和欢愉时，她突然话头一转，或骤然一击，或如同瀑布般地倾吐，每一句都戳中你的要害。

　　梅丽诺的文字细腻、深沉。主人公安吉是英国画家的模特和缪斯，借助主人公和英国画家的角色，作者将色彩描绘到了极致。对于色彩，尤其是色调细微变化的翻译是此书翻译工作的一大难点，但对色彩的详尽描述却正是此书的魅力之一。作者描绘了人体、红酒、英国画家溺亡的泰晤士河、小说中许多人物自缢的山峦等具象的色彩，对于场景、人物、静物等色彩的细腻描绘为读者呈现了一个个油画般的画面，读者无需丰富的想象力便仿佛置身于故事的每一个场景。对色彩的细致描绘奠定了每一处场景的基调，我们仿佛亲眼看见了后撒切尔时代的灰暗伦敦，深绿色的橄榄收割时节，镶嵌着深深浅浅蓝绿色的、赭黄色的西班牙寂寥乡间。色彩甚至奠定了故事的结局。对画家来说，他曾经的模特都只是特定色彩的混合和调配。他与安吉，甚至与这世间的牵连，仅一条细雨中暗流涌动的灰黑泰晤士河便可斩断。

梅丽诺作品的另一个特点是其极其丰富、精确的词汇使用。她丰富的词汇来源于家庭，她的母亲曾在田间劳作，积累并向她传递了大量的乡村劳作时的词汇，因此梅丽诺的词汇具有时代性、地域性、专业性的特征。全书充满了对物品、人物、动作的精准描写，遣词用句细致准确。为准确翻译这些丰富的词汇，译者查阅了大量资料，使用了各种传统和创新科技手段。比如在翻译一些西班牙特有的植物名称时，译者使用了图像识别软件等手段，使用中文、英文、西班牙语文字和图片交叉核对，力求确保翻译的专业性和准确性。又比如在翻译"镜柜"这个词时，由于作者使用的词语十分具有地域性，当译者的西班牙籍爱人也对这个名词表示不熟悉时，译者却从国外二手买卖网站找到了这个词汇表述及其对应图片，恍然明白，原来这就是原本如此熟悉，此时却又突然陌生起来的镜柜。

翻译的过程，是一个作者与译者内心流动的过程，虽然实质上作者本人没有与译者交流，但她的文字和情感流通到了译者的心中，然后译者需要将这些文字、这些情感、这些作者想要的意境再尽量原汁原味地流动到读者的心中。梅丽诺的作品细柔与激昂并存，最终汇聚的情感却十分强烈，因此译者也需要将时而温婉、时而激烈的情绪传达给读者。

相信读者读她的文字时和我有同样的感受，你看不懂故事将要走向何处，但是你内心深处却深深地懂安吉，认同她和她的经历。这正是梅丽诺文字的魅力。在这样直击内心的描写中，我们又怎能不节节溃败，最后卸下铠甲去感同身受呢？

全书让我印象最深的一句话，是一句安吉对她的父亲的不起眼描述：

> 在我的记忆中，父亲仍坐在窗边，从那里眺望未铺
> 沥青的街区马路，在建了一半的楼群间寻找山峦和田野
> 的踪迹，像一个不该身处此地的农民为了出门给橄榄树
> 修枝，在等候雨过天晴。

我们谁又未曾处于自己不该待的位置呢？谁又从未格格不入过？这让我联想到了凡·高的耳朵乐队的一首歌：如同一朵不情愿地装点典雅办公室的花，如同一个决定在银行工作的诗人。我沉默是因为欺骗自己更为容易，我沉默是因为理智战胜了内心。[1]我们身在此处，目光却忍不住在高耸的楼群间寻找自己渴望的山

1　编译自《不可能事物之愿望》（*Deseos De Cosas Imposibles*）。

川与田野，那些可能永远也难以企及的梦。小说中的那些农场的短工，被工厂辞退的父亲，在异乡漂泊的易卜拉和白雪公主，那些在暮色间裹着雾气与疲惫从轻轨上成群下来的工人，哪一个不是与他们所处的世界格格不入的人呢？而他们自己的世界在哪里？他们自己的世界还在吗？

与神父的分别从表面上看对主人公安吉来说不那么重要，虽然这场分别仿佛极度平淡，却透出深深的无力感：

> 神父拥抱了我，我不情愿地让他抱着。祝你好运，他说。他钻进了车里，发动，开上了公路，掉头往拉斯弗拉瓜斯开去。我望着标致车红色的小点，看它在地平线上变得微小，直至消失不见。麦肯齐神父，那个在晚上没人看见时缝补袜子的神父，那个撰写无人倾听的布道词的神父。

神父在安吉的生命中似乎并不重要，可能连她的情人都算不上。这样单薄的关系，甚至连安吉都不明白他为何要对她这么好。但是，他实质上是安吉这一段时间内的精神支柱，作者将这样的信息和情绪传递给了我们，神父的离去，安吉生命中一个个男人的离去，不能说与故事最终的走向毫无关联。神父的离去是出于荒诞原因的无奈之举，但是我们的生命中就是有着这么一个个看似无关紧要却影响自己和他人一生的转折。这又何尝不是一种身处异乡的忍耐和无奈呢？安吉虽然"不情愿"地被他抱着，但是在水沟边的"庄重"告别后，却目送着他的车远去，直至消失不见。此时，原本主动的神父却让安吉陷入了仿佛"被动抛弃"的境地，一个熟悉的、亲切的人离我们而去了，仿佛一场电影已经落幕，我们能感受到这种孤单、失落的情绪。在我们的生命中，谁未曾有过别离，感受过被抛下的伤心和失落？

乍一看，梅丽诺表达的内容和情绪很复杂，但是若你细细品味，或许可以从引言的诗句中寻到答案：

> 你来时想带走的一切
> 都非真正可贵；
> 我们将快乐赋予飞鸟
> 只有它安然如故。

梅丽诺曾说，我们高估了幸福。她说，她写的并不是悲伤的小说，因为悲伤暗示着不接受，而这部作品表达的情感则是对于所拥有状态的接受和认同。她轻描淡写地描绘着安吉坚定的步伐，描绘着她的意志与反抗，虽然故事情节有着悲剧色彩，但是整部作品的态度并不哀伤。该带走的一切，就让他们全部带走吧。

最后，将阿根廷诗人胡安·赫尔曼一首诗的片段献给各位：

> 如果要我选择，
> 我会选择，
> 这种让人可以去恨的爱，

这种咀嚼着绝望面包的希望。[1]

人世间，总归是有恨才有爱，有绝望才会有希望。

还要感谢我的爱人——维克多·马丁先生。许多对于细节的理解，都是我们一起克服六个小时的时差一字一句雕琢出来的。没有你，这一切并非没有可能，但你恰好是我的阳光，照亮了我的所有阴暗。

最后，受工作时限和个人能力所限，译文中瑕疵在所难免。若有谬误，还请读者谅解，并不吝指正。

译者　李碧芸

2021 年 2 月　于杭州

1　摘自《我们的游戏》，李碧芸译。

马上扫二维码，关注"**熊猫君**"

和千万读者一起成长吧！